CB035367

O INFERNO DAS REPETIÇÕES

O INFERNO DAS REPETIÇÕES

SIDNEY ROCHA

ILUMINURAS

Foto da capa
Francisco Baccaro

Gravuras (detalhes) no miolo
Maurits Cornelis Escher

Foto do autor
Anny Stone

Revisão
Marcelo Pereira

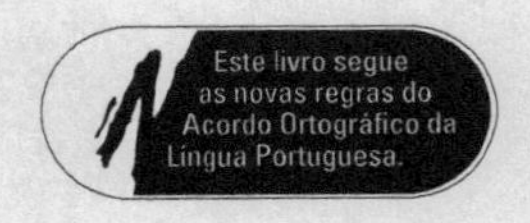

CIP-BRASIL. CATALOGAÇÃO NA PUBLICAÇÃO
SINDICATO NACIONAL DOS EDITORES DE LIVROS, RJ
D576i

Rocha, Sidney, 1965-
O inferno das repetições / Sidney Rocha. - 1. ed. - São Paulo : Iluminuras, 2023.
228 p. ; 23 cm.

ISBN 978-65-5519-210-0

1. Romance. I. Título.

23-85868 CDD: 869.3
CDU: 89.93(81)

Gabriela Faray Ferreira Lopes - Bibliotecária- CRB-7/6643

2023
Editora Iluminuras ltda.
Rua Salvador Corrêa, 119 — 04109-070, Aclimação — São Paulo/SP — Brasil
Tel./ Fax: 55 11 3031-6161
iluminuras@iluminuras.com.br
www.iluminuras.com.br

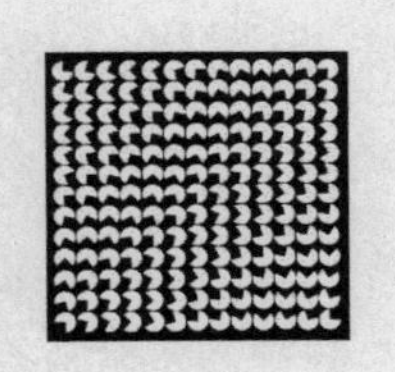

para meu pai e meu irmão

SUMÁRIO

"Quem adota a solidão e nela permanece é libertado de três inimigos: a audição, a fala e a visão, e então só lhe resta lutar contra um: seu coração."

(Citação atribuída a santo Antão, na *Legenda Dourada, circa* 1260)

PRIMEIRA PARTE

Tenho apenas meia consciência.

Olho o brinquedo. O garoto toca o piano de cauda enquanto o cachorrinho deitado baila ou esperneia sobre o tampo.

Meu cérebro agarra a realidade pelo berro do roxo da camisa do rapazote contra o amarelo das tufas do seu topete, do vermelho do piano, as cores derramadas ali para chamar a minha atenção e a de Natanael, meu neto.

O neto tem um ano de idade. Ah seu planeta atual, onde a comunicação é mais rica, sem as palavras. Esquecemos tudo desse reino no primeiro papámamá que se solta entre o leite e o Lete. A palavra brota sem permissão. Corvete. Navio. Garrafa. Colchete. Parênteses. Matemática. Sou forçado a fechar os olhos até a mente encerrar suas pronúncias.

Inútil. Me recordo do meu avô me colocar de castigo diante da árvore do quintal para encontrar palavras que a descrevessem. Descrevessem, não: distinguissem-na. Fizessem ela, fizessem-na, digo, saltar do resto do mundo como criatura ou façanha inconfundível. Posso ter sonhado a cena. Não é justo me lembrar de coisas tão do passado e não me lembrar se comi ontem ou hoje. A lembrança é um cheiro. A recordação é o perfume. Tudo está pronto para ser lembrado. Nem tudo está pronto para ser recordado. Ou não estamos prontos nós.

A temperatura caiu aos poucados. Ou terá sido meu humor, minha esperança, meu corpo, o copo na cozinha? No meu universo agora tudo cai sem parar.

Vivo no tempo frio em meio ao calor. Agora. Ventou forte. Hora de abrir os olhos e fechar a janela. O brinquedo pareceu vivo num piscar. A porta bateu a ponto de me constranger. Ficará batida cerrada até então Nara. Estávamos, estamos ilhados.

Eu, o principezinho do tédio e do teclado e o cão das orelhas pretas. Há o segredo do cão. O segredo do garoto. Há o segredo do bebê. De todos os bebês. Há o silêncio do piano. Um piano mudo pode ensinar muita coisa. O garoto ao piano é como o bebê, meu neto: mudo mutante. Não vou reaprender com eles a falar. Todos escondemos algo. E queremos precisamos amamos esquecer. O crime. O perigo.

O brinquedo traz à minha memória personagens banidos das tiras de jornal. Não me recordo dos nomes. O cão é branco, ornado pela coleirinha vermelha e parece feliz. O pianista é o contrário da felicidade. Suas sobrancelhas são dois traços, um V que a minha imaginação faz se formar na ponta do narizinho. Em conjunto com a boca, a curvatura para baixo, dá sinais do péssimo humor de todos os pianistas do mundo.

Não sei há quantos dias chove. Há. A fumaça, o hagá, a algaravia da minha confusão mental. Busco de novo as palavras. Ah, me falta a língua, ou há em excesso. Balbucio. Há quem tropece na própria sombra, eu na mente, nos pensamentos.

O médico: "Isso vai passar, demora um tempo", disse não sei mais em qual ano. Respirei fundo como agora.

"Fou espeglar", falei como naquele dia, nessa espera e esperanto esquisito. Se pretendo viver, preciso esquecer minha língua meu corpo e imaginar corpos viris e espertos e eretos. Tenho 60 anos. Hoje isso não é nada, há gente mais velha nas academias. No meu caso, a doença acelerou tudo. Talvez seja como nos disse um desses médicos:

"Isso de doenças do envelhecimento não existe. É um pleonasmo. Há o envelhecer."

Olho para o garoto pianista. As pernas abertas. As mãos nas teclas vermelhas. Onde tocam meus pensamentos? Talvez em vez de falar eu tentasse cantar, como meu amigo cantor-amador, Carlo Peixe.

Carlo e eu sempre fomos o oposto, embora tenhamos nascido no mesmo dia do ano. Se mexermos na poeira dos cartórios ou nos mapas astrais talvez sejamos da mesma hora, até. Eu numa maternidade daqui, Peixe na Guatemala. Seu pai foi dado por morto. Sua mãe fugiu do país para não serem assassinados na guerra civil. Muitos acontecimentos ficaram para trás. Datas. Aniversários. Obituários. Então o garoto Carlo Castillo Arbenz Pescado perdeu os sobrenomes do meio e Pescado virou Peixe.

No começo, quando o via contar detalhes dessas tristezas e chorar a cada vez, e contá-las com palavras mais navalhas, eu dizia para mim mesmo: "Não é verdade. Está mentindo." Até hoje desconfio de histórias lamurientas contadas por chorões. Há o choro reservado, tudo bem, mas o choro público é pornográfico, é a arma dos charlatães. Com o tempo, e falo de pelo menos 40 anos de nossa amizade, meu preconceito caiu em todos os graus em torno de sua vida. No fundo, era uma vida de astro, astro do sofrimento, e até de pessoas assim as gentes por aí têm inveja.

Éramos o oposto. Se eu dissesse: "Não chove", Peixe me mostraria a chuva caída das calhas nas mãos em concha. Havia um tempo no qual se podia pensar diferente e, ainda assim, se podia contar um com o outro.

Carlo Peixe era padrinho do meu filho e jurou cuidar de Martin como fosse seu filho, se eu faltasse. Estávamos à mesa eu e uns amigos, Steffano, Carlo, Melissa; e Violeta e Martin, de colo. Violeta usava aquele vestido alaranjado, com ombreiras altas, o usou durante toda a gravidez, e calçava uma arezzo de plástico, azul. Estava maquiada como as cantoras de boate, era preciso ruborizar as bochechas para disfarçar a anemia pós-parto e usar sombras sob os olhos, para fazer crer de Martin lhe deixar dormir a ponto de acordar como a Smurfette. Ele era uma bolota de alguns meses no seu colo.

Eram três ou quatro amigos na cantina Estrela. Daí eu disse:

"Prestem atenção, se algo me ocorrer, e eu faltar, quero pedir a você, Carlo: não deixe meu menino sofrer tanto nesse mundo..."

"Se você morrer, querido", interrompeu Violeta: "Martin tem a mãe, então não fale bobagem."

"Sim, eu sei. Mas é diferente."

"Não estique a bobagem, se falta assunto", ela disse.

Houve um burburinho na mesa e ficaram discutindo as opiniões.

"Não se trata de opinião. Cresci sem meu pai", Carlo Peixe falou.

Todos ficamos calados porque conhecíamos sua história. Eu, mais. Não tinha como não me comover quando me falava dos sofrimentos da mãe atravessando um país escuro. Aquilo não era bobagem.

"Fica tranquilo, Omar. Prometo", ele disse. "Agora deixe de drama."

Também não era drama. A gente é um antes de ter um filho. A gente é outro depois.

"Depois de nascer o Martin, ele piorou com isso. Um furacão vai acontecer somente lá em casa", queixou-se Violeta.

"Omar vai ser arrebatado", falou Steffano.

"Quando se vê alguém assim, pode acreditar: não morre tão cedo. Vive mil anos", isso foi o Pedro Bem ou Belém.

"Se morre mais com medo de morrer", completou outro na mesa.

Violeta riu. Peixe riu. Pedro riu. Todos riram. Até eu ri.

"Não é medo", me defendi. "Mas em um país onde pelo menos trezentos crimes podem levar à pena de morte, não só é razoável, mas obrigatório, se ter medo."

"Nem precisamos das penas: trocamos a morte pelas prisões, pelos isolamentos, pelos remédios", disse Pedro, que não sei que fim levou.

"Quando vocês morrerem me chamem pra fechar seus caixões", Melissa comentou. "Esta conversa é péssima."

Já estavam todos no meio de outros assuntos e piadas e ninguém deu mais a mínima. Violeta amamentava Martin, o peito e o menino cobertos pelo meu casaco de motoqueiro que nunca pilotou uma moto, e de novo eu estava só, mamando meu uísque.

Desisti de tentar explicar. Nunca fui tolo. Sei de tudo caminhar para a morte. Por isso inventamos tantas ocupações, para fugir dessa angústia singular. Ou serei só eu?

Olhava para Carlo Peixe. Notei Steffano encarando-o também, o olhar de Caim, enquanto Carlo falava e falava e hipnotizava.

Steffano Sanguinetti era um marreco baixinho e mesmo assim insistia no voleibol e no basquete. Tinha pé chato e usou botas ortopédicas toda a infância. Não houve jeito, mancava da perna esquerda e quando corria atrás da bola era aos pulinhos.

Peixe era um cara mais altivo que alto e bem penteado sempre. Na época era um rapagão nem magro nem gordo. O negro dos seus olhos era o mais rigoroso. Se alguém colocasse um turbante naquela cabeça em forma de navio e um rubi na sua testa de um palmo e quisesse levá-lo à feira, poderia fazê-lo se passar por um encantador de najas.

Peixe contou algo sobre as putas do centro e Steffano caiu na gargalhada e deu trabalho a Violeta e Melissa trazê-lo de volta:

"Não tem graça."

"Não tem a mínima graça, nojentos."

Há uns anos, seria impossível a cena. Eu olhava para os dois. Apresentei um ao outro. Foi assim: certa vez saímos da escola de ensino médio, eu e Peixe. Eu estava fascinado pelo cara. Queria de um modo ou de outro enturmá-lo no nosso grupo, eu, Violeta, Melissa, Steffano. Talvez ele jogasse bem o voleibol e aumentasse nossas chances no clube.

"A gente vai à noite dançar naqueles clubes da praia. Por que não vem conosco?"

"Não gosto de discotecas", Peixe falou. "Não se ganha nada bancando o John Travolta."

"Não tem a ver com o Travolta, otário. Tem a ver com as garotas."

Gostando ou não do argumento, Peixe aceitou a ideia.

"Pode ser. Se eu não tiver de gastar nada."

À noite dançamos e bebemos na boate Paradise Alley, no miolo da orla, onde iam as meninas ricaças dançar sem tocar nos caras e exibir seus sorrisos azulados, de néon. Os caras circulavam em bugres com garotas de programa rebolando de biquíni derramando gim pelo corpo.

Na entrada da Paradise, entreguei uma nota de cem a Carlo num falso aperto de mão e isso o faria se sentir mais seguro, pensei. Perto da meia-noite, tudo ficou mais caro por conta do ônibus de turistas que estacionou na frente da discoteca. Reclamamos da inflação e o segurança nos mostrou a beleza gratuita do luar e ficamos naqueles botecos à beira-mar, um pouco distante de onde a cerveja era cara, mas havia a aguardente e o rum, fora do menu dos turistas.

"Então você é da Guatemala", falou Steffano, bem sentado no tronco de coqueiro.

"Sim, sou."

"Mas não se nota pelo sotaque, não é Melissa?" falou Violeta. Era a própria imagem da alegria.

"Não se nota. E onde você aprendeu a falar?" Melissa falava contra o vento e os cabelos batiam no rosto como chicotezinhos.

"E você? Como aprendeu a falar?" Carlo rebateu. Era uma pergunta irritada.

Melissa completou:

"Digo: como fala tão bem nossa língua?"

"É uma história longa", eu disse. "Depois ele pode contar. Agora, vamos beber."

Pedi uma dose para mim e Violeta perguntou ao dono do quiosque:

"Tem vermute?"

"Tem montilla", o homem respondeu.

"Para mim, montilla. Com coca", ela pediu e virou-se para Carlo Peixe:

"Se fala espanhol e francês na Guatemala, não é?"

"Não, Violeta", interrompeu Steffano. "Não misture. Não falam francês nem de longe."

"Ah, então se fala espanhol?", ela ia bem animada às perguntas e ao montilla. Steffano atalhou:

"Não é o espanhol legítimo. É uma língua bem ligeirinha, um dialeto parecido com."

"Não, cara." Peixe falou. Daí respondeu direto para Violeta:

"Na Guatemala se fala espanhol."

E ficou isso por aquilo.

Com exceção do copo de Violeta, os outros copos estavam sobre a mesa. Peixe estava ao meu lado e tinha cochichado:

"Seus amigos são um bando de babacas."
Eu ri para ele e bebi. Bebemos.

Steffano poderia ter ficado calado:

"Então você é da Guatemala." Não era pergunta. Era uma afirmação pernóstica.

Peixe respondeu sereno como aquele luar:

"Sim, sou."

"Morre muita gente na Guatemala, não é, Peixe?"

"Morre muita gente em todo lugar, cara."

"Mas na Guatemala morre mais."

"De onde você tirou essa ideia?"

"Leio as notícias."

"Ah, é, por qual motivo se morre mais na Guatemala? Você me diz?"

"Por causa dos negros."

"Dos negros?", intervi.

"Dos negros. Os negros fizeram a revolução e mataram muita gente por lá."

Não sabíamos nada sobre a Guatemala. Nem sabemos até hoje. Mas estava claro: Steffano falava bobagem.

"Dos negros?" dessa vez foi Peixe quem perguntou.

"Vocês não leem. Os negros cagaram na entrada e na saída por lá."

O resto foi desastroso.

Peixe saltou a cadeira vazia entre nós e acertou um chute no peito de Steffano. Meu amigo caiu do beiral a uns dois metros abaixo na areia e começou a gemer e tremelicar a perna manca. As garotas ficaram paralisadas. Consegui conter Carlo. Ele queria voar sobre o outro. Melissa desceu os dez lances de escada e foi socorrer o baixinho.

"Cacete, você é maluco, Peixe?", saí empurrando o cara para mais longe.

"Me deixe matar esse babaca." E disse mais baixo: "Porra, Omar, meu pai era negro. Você teria feito o quê no meu lugar?"

E desapareceu pela orla.

Voltei para o quiosque. O dono já havia nos expulsado e Steffano pagava a conta.

"Se tivesse acertado meu rosto aquele puto estaria morto a esta hora."

As garotas não entendem o código de honra dos machos, de que não se bate na cara de homem.

Expliquei a elas e ao *historiador* as razões do coitado.

"Entendi. Mas não quero mais nunca cruzar com esse Carlo Peixe," ele berrou já dentro do táxi, onde seguimos em busca de outro bar. Melissa deitou a cabeça no seu ombro esquerdo. Violeta, no outro ombro, dormia. Melissa colocou a mão no peito de Steffano:

"Seu coração dói, benzinho?"

Estavam bem. Eu ia na frente com o motorista e penso ter visto Peixe como uma sombra a pé pelo calçadão.

Steffano continuava aceso:

"Além do mais, é um fodido. Vi quando você passou grana para ele. Você agora é gigolô, Omar? Você é?"

De vez em quando, praguejava:

"Amanhã vou mandar prender o miserável."

Seus pais não eram ricos. Seu pai foi cônsul honorário por décadas. Sua mãe consulesa ou consultriz, não sei, e essas repartições funcionavam na sua casa, o palacete da rua das Ninfas. Há até postais da casa dos Sanguinetti. Ali havia placas em latão nas pilastras largas do portão, com as armas de Honduras, Panamá, Granada. Não deviam tirar muita grana com isso. O doutor Sanguinetti era advogado de família tradicional. Havia os privilégios: os carros com placas azuis podiam estacionar onde desejassem sem tomar multas, a polícia não os importunava em nada e eram convidados para as festas e para o teatro. Se faziam algo para obter mais vantagens deixemos por conta dos boatos.

Steffano esnobava a carteirinha protegida por couro de lhama e brasões em baixo relevo e podíamos ir com ele aos clubes de tênis, golfe, futebol, voleibol. Ele auxiliava os pais carimbando passaportes, marcando entrevistas, recortando notícias dos jornais e pegando gente no aeroporto. Toda essa movimentação, contudo, não dava sequer ao pai o poder de prender qualquer desgraçado, imagine ao filho. Além disso, por conta de seus delírios de grandeza e de autoridade o pai já o ameaçara de internamento na clínica psiquiátrica por duas vezes. Então do que menos nosso sabichão gostaria era de outra confusão para o *babbo* resolver.

Era como os visse no decorrer de toda a vida e os visse agora.

Ver aqueles dois pavões rindo um da piada do outro era a vitória da mais alta diplomacia entre os países deste mundo.

oOo

Desci pela antiga rua são Malaquias e entrei por uma rua igual a todas as outras do subúrbio: a lanchonete ou bar, de esquina, orelhões alaranjados como hare krisnas de cabeça raspada, as bocas abertas para a rua onde correm os carros e por isso as pessoas gritam com o indicador todo enfiado num ouvido até o fone espremer a outra orelha.

O muro de arrimo circunda a base do morro até onde começam a florescer as casas iguais a cogumelos nos jardins quando o calor e a umidade tomam conta de tudo. Os polícias haviam parado a viatura em cima da calçada colada à mureta. Fumavam. Riam. Me desviei e o samango me deu ordens, de longe:

"Parado aí, rapaz."

Empunhou a arma e veio na minha direção, o dedo no gatilho.

O clima estava tenso por conta da morte do poeta Baltar, na semana passada. Baltar, cujo nome de guerra e de capa de livro era Rileiev, foi condenado à forca, por ter escrito sobre a política. E, como se sabe, o que ocorreu? A corda se rompeu. E todos sabemos como ele reagiu:

"Estão vendo? Neste país não fazem nada direito, nem mesmo uma corda."

Em seguida, tentaram o tiro de revólver, ali mesmo. A arma falhou as três vezes.

Por fim, se optou pela decapitação. Depois a cabeça do poeta Baltar foi costurada de volta e o corpo foi pisoteado pelo elefante, o animal de dez toneladas trazido do Ceilão, que o governo alimenta para o desfile cívico e casos de justiça. Não é à toa o animal fazer parte das insígnias nacionais.

O país estava tenso e o retrato dessa tensão estava na ação do policeiro. Ele mantinha a pistola encoberta pela mão esquerda. Gelei. Mas quando chegou mais perto, por ter notado na roupa bem engomada, deu nova ordem, uma mão na arma, a outra como esbofeteasse o vento.

"Dispensado, circulando. Siga-siga."

Apressei a marcha para chegar logo.

Não foi boa ideia deixar o carro do meu pai em casa, pegar o ônibus e fazer parte do caminho a pé. Naquele dia eu pensava em independência, andava reflexivo, enfim, burrices.

Andei mais e parei à beira do matagal para me recuperar do susto e fiquei admirando os letreiros lá embaixo se acenderem talvez cedo demais àquelas quatro da tarde. A classe média adora os crepúsculos. Sobretudo o pôr do sol. O sol do meio-dia, não, nesse não cabe contemplação nem filosofia. O meio-dia é todo dos pobres.

Via um pouco abaixo o outro polícia urinando e construindo monstros com o jato, no muro, lá longe. Mais distante ainda, a autoestrada. Os outdoors eram um imenso tapume nas encostas e não era à toa o vento não soprar mais nos morros. Quem passa de automóvel não precisa do vento. Há o ar-condicionado. Via os anúncios de carros, de lojas de roupas, sapatos, cosméticos, comida, esses cartazões vivos, cujos motivos se extraviam pelas margens, tubos de maionese empapando tudo, sacos de batatinha e sanduíches exalando cheiros de verdade.

Quem mora desse lado da encosta vê a publicidade pelas costas. Consegue enxergar somente os frankensteins, esses esqueletos de madeira dos outdoors, e sabe: a maionese e os carrões e os rímeis não são para quem mora do lado de cá.

Numa das bases dos outdoors, distingo o homem contra as sombras e a princípio imagino-o morto. Mas ele cruza as pernas e volta a dormir em paz. Me recordei de Peixe e sua luta por sossego, porém minha atenção voou para o outro lado, cruzando a encosta e parando na rodovia. Três grandes anúncios de bebida, circundados por néons; conhaques, cinzanos, cortezanos, maziles. Em dois deles a atriz de TV parecia dizer, a boca molhada e a cabeça sob aquela doce névoa: "Tem vermute? Quero vermute. Beba vermute." E pude compreender como maquinava a cabeça da minha adocicada bruxinha, Violeta Maria.

Cheguei depois de dez minutos de subida e Violeta me esperava a meio caminho da casa. O sol ainda brilhava sobre as mesas vermelhas com emblema de cerveja no bar, havia poças da chuva na rua cujos reflexos lembravam o mel e as pessoas iam lado a lado, lado a outro, e sempre parecem ter os meus rostos. Em dias úmidos e quentes era comum a eletricidade vazar dos postes e eletrocutar os cães de rua e algumas pessoas, me disse Violeta certa vez. Pensava nisso enquanto subia a ladeira e via as pessoas passarem em procissão a um passo de se darem choques elétricos umas às outras ou se incendiarem por fricção. A paisagem era resinosa, âmbar, gris, ou de um samba triste, mas sem o romantismo das ave-marias do morro.

Violeta já havia vencido aquela ideia tola de eu não poder ver o lugar simples onde morava e crescera. Somente se antecipou e desceu até a sorveteria.

Era meu aniversário. Puxa, essa recordação melhora meu dia, agora. Ia fazer 21 anos. Violeta deixou meu coração mole com a rosa vermelha coberta pelo celofane transparente e eu a beijei.

"Para onde você quer ir, minha violetazinha?"

"A noite é sua, meu bem."

Me lembrei do polícia:

"Vindo pra cá, andei perto de levar um tiro, de aniversário."

O rosto de Violeta saiu do exuberante para o cinza.

"Puxa, verdade?" Largou minha mão. "De outra vez tente namorar uma riquinha. Não corra mais riscos."

"Essa é uma maneira impressionante de estragar a noite, Violeta. Não tem nada a ver com você. Dia desses deram seis tiros num branquelo riquinho numa estação de metrô. Era o bairro grã-fino."

"Era sem dúvida terrorista ou contrabandista ou estrangeiro."

"Não e não e sim."

"Olha, vamos ficar por aqui mesmo."

"Não, senhora. A noite é minha, a senhora mesma disse."

Pegamos o táxi e fomos para o motel. Falamos sobre meus planos e o futuro. Mas ela danou-se a contar mais de sua vida e a falar e falar.

"Você pode pedir vermute para mim?"

"'Tem vermute? Quero vermute. Beba vermute.'" Eu brinquei.

Violeta sorriu. Não sei no que pensava. A bebida chegou pela portinhola e conheci o sr. vermute, afinal. Carecia de mais classe. Chegou nesses copos de uísque com emblema de time de futebol, e cheirava a ervas. Era como houvessem diluído um bom tinto para perder o encorpado e virar suco. Havia quatro boas pedras de gelo redondas e duas cerejas presas pelo talo boiavam na borda grossa do copo. Tudo de baixo erotismo.

Eu e Violeta conversamos boa parte do tempo. Contou sobre sua mãe:

“Mamãe era e é alérgica ao pecado.”

Quando criança, Violeta me contou, a menina Carolina subia em árvores e se escondia atrás das portas e nos armários para fugir do cheiro do pecado nas pessoas. Desde cedo, sabia se um homem ou mulher foram tomados pelo demônio da perversão sexual apenas cheirando suas roupas.

“Ela me contou de ter sido deflorada pelo casamento”, disse Violeta. “Mamãe se confessou a mim: ‘Minha filha, quando seu pai veio naquela noite e senti lá dentro algo dele se misturar ao meu, se havia algo de mim em mim, perdi naquele instante. E o mundo ficou roxo e silencioso igual a uma Sexta-Feira da Paixão.’”

“Roxo?”

“Assim ela me contou”, respondeu Violeta.

Em seus sonhos de criança, Dona Carolina morria como as santas decapitadas da Igreja. Pena não ter se casado com o marchante, e sim com o samaritano tratorista.

Violeta riu sem convicção e continuamos a conversa. Era o começo do nosso namoro. Tudo se pode, nessa fase. Bem soubesse alguém, ficaria atento a todos os cheiros e começos.

“E seu pai nisso tudo?”, perguntei. Chacoalhei seu vermute, onde o gelo derretia.

Violeta bebericou e deitou-se na cama com a cabeça entre minhas pernas.

“Vou lhe contar como minha mãe me contou, assim: ela deitadinha no meu colo, como estamos eu e você, agora:

“Violeta, seu pai era um homem bonito e galante. Naquela noite ele veio ao quarto, tirou a roupa e deitou-se ao meu lado.”

Isso era dona Carolina contando à filha:

“Naquela noite eu acabara de me entregar a são Roncali e pedi trégua ao seu pai. Ele não me ouviu. E, por minha boca, são Roncali falou:

“Saia. Suma daqui, imundo. Ela está unida a mim.”

Seu pai não quis saber.

E, antes de tudo se consumar, o santo anunciou ao ouvido do meu marido:

“Por causa disso, você se transformará em um homem feio e cocho. E nunca será nada além do empilhador bronco, que não aprende nada nunca, o peão sem brilho para nada, cercado por vícios. Seu destino será fazer vergonha à família.”

“Caramba”, eu disse.

"Cada um com sua carta, seu destino."

"Isso me faz lembrar da história do homem que matou o próprio pai e se casou com a mãe."

"Um monstro. Meu Deus. E o que aconteceu com ele?"

"Depois lhe conto", falei. "E o quanto você acredita nisso, princesa?"

"No quê, no destino?"

"Nessa história de dona Carolina."

"É minha mãe: se diz que o preto é branco..."

Mais tarde, quando eu e Violeta nos encontramos com a turma, porque era também aniversário de Peixe, ela ridicularizou:

"Fomos ao motel. Para conversar." E enfatizou: "Conversar, vocês acreditam?"

"Não, não foi bem assim", eu disse, enquanto esperávamos Carlo Peixe chegar ao clube.

"Foi."

"Não foi."

"Foi..."

Violeta tinha o costume de manipular nossas conversas e contá-las aos outros acrescentando palavras que nunca frequentaram nossos diálogos.

Enfim, o único acordo entre nós dois era de termos deixado a rosa no quarto, para o próximo casal.

"Espero que esses transem" ela disse.

Rimos.

oOo

Todos fracassamos no sonho da felicidade.

Tínhamos extrapolado em diversão aqueles anos todos. Mas esses dias tinham ficado para trás. Violeta agora era uma sombra triste. Seu rosto estava sempre virado para um lugar qualquer, onde deveria ter entrado à esquerda e não à direita. Sei mais ou menos como isso começou, vejo tudo de novo.

Aos domingos, Violeta pega o ônibus para chegar às três da tarde ao templo Khrisna, no bairro rico. Estive ali uma única vez.

É um palacete vermelho e dourado. A grama brilha de ouro e cristal. As colunas cobertas de marfim, postas lá desde o dilúvio, têm encrustadas figuras de flautistas em ouro velho, cuja intenção é entrar no osso até desaparecer. Me pareceu algo doloroso. A mobília é toda o contrário, sem escândalos. Isso talvez deixe pobres como Violeta se sentirem em casa. De qualquer forma, não fazia sentido o marquesão Luiz XV ao lado da estátua azul e dourada.

Sininhos e tambores tocam e a gente não sabe se são alucinações nossas ou alheias, provocadas pela comida. Na visita, a senhora ao meu lado disse ter visto Jesus olhando para nós pela janela ou desde a escada.

Estar ali me pede tanto esforço do olfato, da visão, do tato, que só agora, depois desses anos todos e de tudo, descubro a razão de não ter entrado no lugar a segunda vez.

O templo está suspenso numa atmosfera de sândalo e dá para sentir esse hálito mesmo se passamos pela avenida com os vidros do carro levantados. O sândalo ou patchouli invadem a cabine pelos dutos do ar-condicionado e as fragrâncias acompanham a gente quilômetros por hora.

Violeta é uma mística pragmática, improviso aqui.

“Paz de espírito e comida saudável”, me falou certa vez.

Ela tem fome espiritual.

Outra hora me disse:

“Eles distribuem lanches aos domingos e é tudo limpo e doce, bem diferente da minha vida.”

“Tive uma ideia. Você poderia virar monja. Que tal?”

“Não entendi o que as mulheres fazem lá.”

“Você rasparia a cabeça?”

“Que tolice, Omar. Eu poderia passar a vida inteira fazendo buquês para colocar nas mãos das estátuas deles. Eu ia escolher cada florzinha daquele jardim e faria um bom trabalho. Acho que aquelas deusas lá foram mulheres como eu, que colhiam flores pra outras deusas. Viraram santas.”

“Seu sonho então é virar estátua do templo da rua Almerim?”

“Você está de novo zombando de mim.”

“Me desculpe. É que você está virando uma monja triste. Vamos, lá, alegria, alegria.”

“Alegria? Falar é fácil.”

A rosa e o buquê da memória atrasavança de novo e agora estamos de novo, inseparáveis, no meio dessa cena miraculosa: Steffano gargalhando da piada de Carlo. Melissa e Violeta têm a cara fechada e, por mais que Carlo peça desculpas, as garotas resolveram dar o gelo como resposta. *No merci.*

Minha cabeça viaja outra vez. Ao tempo em que ninguém ali passara da casa dos 25 anos. Quem não estava bem encaminhado se ocupava de fazer concursos para repartições públicas. Quer dizer, Melissa tem a vida garantida, é filha de militar e resolveu que se casaria consigo mesma para não perder os benefícios quando o pai não mais batesse continência, mas as botas. Ele morreria uns cinco anos depois.

Violeta... Violeta desistiu de ser vendedora do Romcy e do Carrefour, cursava o terceiro ano de Serviço Social quando acordou um dia sem forças para nada e passou a semana prostrada e por fim desistiu. Virou um pássaro para o pai tratorista e a mãe manicure alimentar. Como a amavam. Cuidavam dela e Violeta Maria era a melhor vitória de suas vidas.

"Não é culpa minha se não posso comer nem dormir."

"Não grite tão alto, Violeta."

Em todos os casos, ela era a melhor alma entre nós.

Quanto a mim, acabara de entrar na vaga de professor-substituto na universidade. Lá me olhavam como chuva de verão e por isso eu mantinha as velhas amizades de invernos e inferninhos.

Nossa exceção mais radical era Carlo. Tinha vida e trabalho mais vulgares. Mudava de ramo bastasse mudar a direção das birutas, escravo das circunstâncias. Gerente de loja de calçados, de eletrodomésticos, ele pulava de galho a trabalho do centro, a maioria das vezes demitido. Sua presunção. As leis trabalhistas precisariam se alterar um bocado para atender melhor as compreensões do meu amigo: demissões sem causa, por justa causa e a mais nova: por causa de arrogância: esse era o parágrafo da lei destinado a Carlo Peixe.

Eu não gostava de rirem dele. Queria protegê-lo. Às vezes, eu sonhava com sua mãe de camisola roxa, a mulher dos cabelos até os tornozelos, e asas encarnadas no lugar das orelhas saindo de nuvens feridas pelo sol:

"Ajude meu filho. Não largue sua mão."

E, quer saber, com justiça? Trabalhava com apetite. Não há pintores que não comem nem bebem e não saem de frente da tela enquanto não pintam suas giocondas? Era desses capazes de montar uma empresa do estoque à vitrine. Sem lhe darem a mínima condição de montar equipes, aquele Brancaleone transformava vendedores com os sapatos de sola furada em guerreiros e *gentlemen*. Lhes dava uma alma para vestir durante a jornada de doze, quinze horas. Um filósofo diria: "não inaugura loja. Inaugura humanidades." O poeta Baltar falaria em amanheceres. Em Nova Iorque viraria um touro. Mas era incapaz de comandar como o comércio pede aos líderes: tire o sangue dos anêmicos.

A cada demissão os colegas vinham se despedir dele e abraçá-lo em lágrimas. Alguns colocavam furtivos uma cédula no seu bolso, as funcionárias iam lhe dar um beijo comovido que jamais darão nos maridos, enfim, ai, ai. Carlo Peixe, meu amigo: um artista nisso de criar setores e departamentos em magazines. Incompreendido.

E a razão de tudo isso? Esta outra: nosso michelangelo do comércio terminava por se desentender com os papas e era mandado embora, de forma muitas vezes impiedosa. Seu nome ia para a sarjeta na bolsa dos recursos humanos, mas na semana seguinte era de novo o mágico do marketing, o rei dos controles internos, o príncipe das vitrines.

"Eles querem afundar meu nome, Omar. Mas têm de comer na minha mão."

"Qual nome, cabeça-de-navio? Qual nome, meu amigo?"

"Você falou igualzinho a eles, agora."

"Rapaz, trata de fazer teu trabalho e mais nada. O nome no batente é o deles. O negócio da placa é deles", eu dizia. "Vende tuas horas e volta pra casa."

"Você não entende de nada, Omar. Vá ler um livro. Vá ao cinema. Vá beijar os rapazes no teatro. Daí, quando a vida for real para quem tem tudo, venha procurar um sapato para você pisar o chão de verdade."

Então não parava mais. Lhe contaram de seu pai ter competido em veleiros no Caribe ou fora pescador, ou isto e mais isso, ele sempre deixava essas coisas sobre seu pai suspensas e, embora Carlo jamais tenha pisado num convés... eu precisava de antienjoos para ouvir suas metáforas:

"Nem tudo é brisa. É bom velejar o mar aberto o vento a favor. Entendo seu ponto de vista. Mas pode na real você me dar conselhos sobre velas sem nunca ter enfrentado nada além de golfinhos ao lado do barco? É de você que terei de ouvir sobre tempestade? Ah, Omar, cresça e apareça, está bem? Até quando eles vão negar a arte da flutuação, de quanto é preciso ouvir o rumor, ver a magia da organização, o andamento, o ritmo e a música do comércio?"

"Acho que vai chover."

"Não, não vai. Se chover será para dentro da concha de sua mãe, de onde você nunca deveria ter saído. Ah, Omar, me deixe em paz."

A verdade é que tantos nãos vinham mexendo com meu amigo e ele estava prestes a se tornar uma pessoa amarga e sem esperança. Carlo fazia queimar em mim muitos paradoxos. Sobretudo essa viga no olho: ser uma boa pessoa e não ser feliz. Se há algo errado nisso, essa constatação é um retrato completo de Carlo Peixe. Seu suor exalava um aroma ferroso. Constantemente suado nas têmporas e as mangas de suas camisas empapadas com frequência de tanto enxugar o rosto. Não falava no assunto, mas uma vez lamentou:

“Sei que é uma fase. Tenho medo é de toda essa merda atrapalhar minha relação com os clientes.”

“Pois vá ao médico. Ajudo você com isso, cabeça-de-navio.”

“Não preciso de médico. A não ser que ele tenha uma loja para eu gerenciar. Preciso voltar. Só isso.”

E voltava às pensões nos casarios estreitos do centro onde morava, o artista do comércio, da fome, o mais altivo dos desgraçados.

Depois, seguiu aquela moda de desempregados se transformarem em empreendedores. A outra parte de desvalidos viraram consultores. Carlo Peixe, a pessoa simples, era do segundo time. Me lembro bem de estarmos num restaurante do centro, quando chegaram dois fodidos e, mais tarde, outro lascado-e-meio feito ele e começaram a discutir tolices de organizações & métodos como crentes convertidos. Só Peixe falava.

Prepare-se para mais enjoos:

“Escutem. É preciso olhar para os *processos*. Negócio nenhum fica de pé sem os *processos*, minha gente. Não se vende uma camisa sem se entender os *processos*. Você vai lá no estoque, dá baixa do produto, entrega ao miserável. Mas isso não é o *processo*. Vender é diferente. Vender um sapato a alguém é fácil. Vender o mesmo sapato pela segunda vez é onde mora a arte dos *processos*.

Para isso é preciso ter métodos. E esses filhos da mãe querem saber somente dos resultados. Aprendem isso na universidade, tenham certeza. Vocês sabem como vêm os resultados? Vem dos *procedimentos*. E os *procedimentos*, sabem de onde vêm? Da Organização. E ela?..."

"Da casa do caralho, Peixe, da casa do caralho," gritou um dos miseráveis. "Vim por conta da comida."

Não gostava quando riam dele, já disse.

Para Violeta, o contrário de "vulgar" era "incrível." Com o tempo essa distinção entre pessoas amadureceu, mas não se alterou tanto. Ela gostava das pessoas incríveis. Naqueles tempos de namoro, quando falei de Peixe ser uma pessoa vulgar, ela ampliou sua ideia de incrível à paranoia:

"E se tiver uma vida secreta? E se qualquer hora botarem um saco preto na sua cabeça e deportá-lo para Granada?..."

“Guatemala, você sempre mistura.”

“Que seja, e se o levarem para um desses infernos porque é metido com terroristas?”

“Ah, você, de novo?”, eu respondia. “Peixe é alguém vulgar. Não fantasie. Não é diferente de nenhum de nós.”

“Todo mundo tem segredos.”

“Hoje é o contrário”, respondi. “Ninguém mais tem segredos.”

“Ponho os olhos nele e sinto.”

“É só o mais fodido entre fodidos.”

“Nós somos uns fodidos, por acaso, Omar? Por acaso vou me casar com um fodido? Não quero isso, quero a vida incrível, você está ouvindo?”

“Está todo mundo fodido, princesa.”

“Se você tem medo de morrer, eu tenho medo da pobreza. Quero sair daquele lugar.”

“Ora, não tenho medo da morte. Só não quero...”

“Pois não tenho medo de morrer, Omar. Mas de morrer pobre, tenho medo e asco.”

E começou a chorar.

“Vem cá, me dá um beijinho, vou cuidar de você”, eu dizia e, às vezes, ela se aquietava.

oOo

"Vamos dançar. Olhe para Melissa. Ela dança e é feliz."

"Com aqueles peitos, aquela cintura, aquela bunda, aquelas coxas, aquele American Express, quem não é feliz?"

"Deixe de inveja. Você também é linda."

"E tem a alegria, o jogo de corpo, nasceu para bailar. Você sabia que alguns nascem para ser felizes e ninguém muda a dança do destino? Outros nascem para tropeçar e cair."

"Besteira. Não há essa lei."

"A vida é uma carta, Omar. Mesmo que não a entreguem a você, você não foge dela."

"Pois eu vou preferir não ler. Sou livre."

"Você não entendeu: independe de se ler ou não: tudo ali se cumprirá."

"Venha. Dançar se aprende. Venha comigo."

"Melissa está feliz agora", Violeta falou sem perder nenhum movimento da amiga no salão. Procurou algo no fundo da bolsa. "mas nem sempre foi assim, você sabe, né? É uma pessoa incrível."

"Não sei de nada."

"Mentira. Sei de ela confidenciar coisas a você pelo telefone."

"Uma coisa ou outra, deles, ela e Steffano. Escuto. Todos os casais precisam de um ouvido a mais. Você não se confidencia com ela ou com alguém? Ela continuava mexendo na bolsa. "E o que você tanto procura?"

"Eles são um casal? Jura? E nós somos um casal, Omar? Ah, isso, a vida, está só começando."

"Eu casaria com você, Violeta."

E, alheia, Violeta continuava remexendo na bolsa:

"Procuro a alegria: meu Diazepam."

"Não vou deixar você tomar essa merda com bebida de novo."

"Só preciso de um."

"Nenhum."

Puxei-a com força da mesa e fomos até o salão no momento de Melissa e Peixe voltarem cobertos de suor, plenos, felizes.

Dançar lhe fez bem.

"Some dance to remember, some dance to forget", dizia a longa canção.

Dançamos duas músicas e voltamos. Peixe a agarrou no meio do salão e a levou para dançar rumba.

Fiquei à mesa com Melissa e lamentamos a doença de Steffano. O clube estava cheio e havia muitos conhecidos. Fulano e beltrano e sicrano. O colega professor me cumprimentou e acenei com o lenço para ele.

Fazia mil graus ali dentro. Me sentei ao lado de Melissa. Era alta e linda. Linda e alta e sua exuberância mexia comigo, coberta de purpurina. Ou era tudo efeito do lança-perfume? Eu estava de porre.

Falamos sobre Violeta. De minha preocupação. Melissa me contou:

"Não é nada demais. Na semana passada, ela me disse: 'eu só precisava ser menos pobre para poder escolher melhor minha vida.'"

"Pouco menos pobre quanto, menina?", Melissa disse ter perguntado. E Violeta:

"Sei lá. O mínimo para quem está ferrada já basta. Gostaria de escolher. E não ir *agarrando* as oportunidades."

Melissa:

"Entendo. Ser rica é poder escolher e, de lambuja, esnobar as oportunidades."

"Violeta riu, Omar. Mas você precisava ver sua cara: era de choro. E ela disse: 'É isso, é mesmo isso, amiga. Você acaba de me definir. Sou isso ao contrário.'"

Então ela me carregou para a pista.

"Espere", me lembrei, no meio do puxão. "As suas bolsas...?"

"Deixa fluir, Omar. Relaxa. Deixa fluir."

O lança-perfume se comporta no mais alto grau diante da frase de Heráclito dita por uma mulher.

Então dançávamos e agarrei sua cintura como um afogado:

"E você, Melissa, você parece feliz. Há pouco Violeta falava disso."

"Violeta acha que Deus me deu peitões e coxões para ser quem eu quiser."

Eu ri para ela e ela mordeu a gola da minha camisa empapada de lança-perfume. Eu a fiz girar no salão.

"Sim, você adivinha. Ela me falou algo assim."

Ela respondeu no meio do giro:

"É uma ideia fixa. Daria para ela meus peitos e minha bunda, sem remorsos."

E no outro giro:

“Quem me vê, nunca vê minha alma. Nada é fácil, cara, diga para ela. Faz o que tu queres pois é tudo da lei, não é assim?”

Eu tentava encontrar uma resposta nova ou modesta ou bem-humorada, mas estava enfeitiçado pelo perfume e enjoado das péssimas conclusões sobre a vida de Violeta, nem feliz nem triste, dançando na parte descoberta do salão.

Giramos, mas o mundo girou mais.

“Não vou ficar perdendo tempo com a tristeza. Pensarei nela quando ficar velha, aos trinta. Na verdade, não espero chegar lá.”

“Algumas mulheres não precisam de alma. A elas basta a beleza”, pensei em dizer, mas o barulho não daria condições de eu me explicar, antes que saltasse do inferno que são os outros a Simone de Beauvoir em Melissa, por isso fiquei calado, a boca roçando sua orelha.

Ela derramou mais lança na minha gola e fungou buscando alguma salvação enquanto as vozes da loló se repetiam: *she bop, he bop, a we bop.* “Ah, Melissa, você é tão incomum”, tentei dizer. Ela tinha a pele na temperatura certa de querermos nos agarrar a ela, a tez da gente estrangeira, algo amarelenta para não ser confundida com a estátua de Afrodite.

Amarelenta: a palavra me soa agora como o sol se pondo devagar sobre o oceano. Então não era só glúteos e cintura, ela sabia disso. Aos velhos babões, esses macacos primitivos, pareceria boa parideira. Aos jovens, uma idealização para os cinco dedos, aos ricaços a garota de boa família, capaz de colocar ordem somente no reino do lar e não fora desse tablado, vendo a vida a partir do nevoeiro que escapa das seteiras de um calabouço, se não exagero demais, enfim, Melissa era o tipo de mulher com quem seus filhos poderiam passear em Paris ou em Madri sem serem interpelados pela polícia da imigração e nem levantar suspeitas sobre turismo sexual nas praias de nudismo às costas do Mediterrâneo. Nua ou vestida em todos os casacos, para as mulheres, Melissa era o demônio, sempre com a boquinha de: "Que é que eu fiz? Terei culpa de ser tão gostosa?"

Por isso detestava as mulheres e a ideia de melhores amigas. Embora sua trancinha de palha no tornozelo, seu jeans de cós baixo, sua miniblusa, a pequeníssima e misteriosa alfa ou sigma tatuada no ombro esquerdo, sua gargantilha de couro no pescoço longo de um palmo, seu rosto largo, o nariz fino, seus cabelos em muitas ondas à Farah Fawcett e tudo a fizesse parecer saída do sonho de um santo em conflito, a contrastante pulseira de ouro de verdade, as mãos pequenas algo viris, as unhas curtas e sem esmalte a dar muitas ideias às garotas, ela as desprezava. E elas cada vez mais enlouqueciam por Melissa a ponto de ela usar o banheiro dos professores e não das alunas, no colégio, porque umas queriam tirar pedaços dela.

Não foi à toa o professor Arnaldo, de Física, iniciar as aulas do semestre ensinando aos alunos a construir inocentes periscópios. Construiu o seu, de maior alcance, e o escamoteou no banheiro dos professores.

Os rapazes precisariam ser mais velhos pelo menos dez anos para entender a cabeça daquela lobinha. Embora de pau duro, se escondiam do seu olhar e entortavam os pescoços vencidos pela visão do seu rabo desfilar no pátio e se sentiam humilhados diante da mínima possibilidade de Melissa descobrir o quanto sonhavam com ela. Tolos. Ela conhecia cada miragem daquelas porque eram todas iguais.

Contudo, seus amigos eram os homens e isso consistia noutro inferno, me disse.

"Tem sempre o avanço, a baba, a sonhação."

Corria perigo mesmo em casa. Eram quatro irmãos. Suas calcinhas sumiam.

Violeta estava certa quanto a Melissa se confidenciar comigo. Ela aceitava alguma provocação minha. No geral, reinava a única ideia possível de amizade entre um homem e uma mulher na juventude: alguém precisa aceitar ser paralítico da cintura para baixo.

Havia ainda Steffano pontinho de nada, náufrago no grande mar da sua vida. O cônsul era amigo do capitão, o pai de Melissa e, embora ninguém entendesse a razão, ela gostava de estar ao seu lado, vê-lo trotar com os pés chatos no voleibol, se exceder nas farras, sonhar com a vida nas embaixadas, juntos nas viagens pela Europa.

Uma novidade: numa daquelas férias, durante a festa universitária, ela me procurou porque precisava abortar. Steffano não sabia, nem soube, se tratar de um filho dele. Consegui que Melissa se recuperasse por uma semana na república de amigas e nunca mais falamos sobre o assunto.

Na verdade, não foi assim:

"Abortei no ano passado", confessou, "e não sei se meu corpo vai aguentar dessa vez. Estou indo para o quarto mês. Tenho o dinheiro, mas você pode me levar à clínica? Você pode me ajudar?"

A clínica era um consultório dentário no quarto andar do edifício Maranata. A responsável não era sequer uma dentista. Havia a rede secreta, ela enviava abortivos pelos correios ou, em último caso, faziam os abortos. Eu não tinha nada contra e quanto a isso e outros assuntos a mente de Melissa era uma casa lavada, limpa, os pensamentos arejados.

Então a levei ao Maranata e, enquanto esperava, prestava atenção a um gato perseguindo uma aranha no piso branco da antessala. Ele punha a pata sobre o inseto e era tão delicado naquilo que a aranhazinha, sem saber que o fantasma da morte pousava sobre sua cabeça, vivia a vida.

O gato me olhou e falou:

"O sr. antes costumava ter consciência."

"Do que está falando?"

"O sr. não se chama Omar, aquele que estudou para padre?"

Insisti no tom informal e respondi:

"Do que está falando? Me chamo Omar e na infância estudei em colégio interno. Católico. Mas nunca foi minha intenção..."

"Dá no mesmo."

"Não, era mais da turma do fundo da sala. Pros castigos. Éramos os punheteiros das Horas Completas. Nenhum de nós vingou."

"Como eu disse, dá no mesmo."

Ele se afastou da aranha e veio de lá e devagar na minha direção, ficou aos meus pés, me olhou com aquelas duas ostras no lugar dos olhos e lambeu os lábios. "Como falei, o sr. antes costumava ter um pingo de consciência, pelo menos."

"Amigos ajudam amigos, sr. gato. Ninguém merece julgamento moral numa hora dessas." Afastei-o com o pé e ele miou. Nisso entrou uma senhora de uns 30 anos, nem baixa nem alta, nem mórmon nem evangélica, nem bonita nem feia, esse tipo de figura desenhada para se confundir com a multidão.

"Vejo que logo-logo fizeram amizade, você e Ramsés."

"Quem?"

"Nosso gatinho, o Ramsés. Você ia chutá-lo?"

"Não", eu disse.

Ela se sentou em uma das cadeiras do consultório e o gato pulou no seu colo. Tinha o pelo brilhoso como houvessem vestido nele a pele de um peixe-elétrico e brilhava no seu pescoço uma gravata-borboleta verde.

Agora, eram quatro olhos de ostra em minha direção. Ela acariciou o animal e comentou:

"É um gato todo delicado, todo sensível. Há quem aqui tenha chorado em sua companhia. Alguns aqui já o viram chorar. É um gato solidário."

"Não me pareceu se interessar por misericórdias, senhora."

"Não sei. Só falo do que o coração das pessoas está cheio e por isso elas falam."

"As pessoas que vêm aqui estão sempre desesperadas, não?"

"A maioria, sim." Ela interrompeu a si mesma. Não queria muito papo. "Olha tua aranha, ali, Ramsés", a Irmã apontou. "Olha ela, ali. Pega. Pega."

O sr. gato pulou do seu colo.

Depois ela mencionou o endereço onde eu podia buscar Melissa. Era simples para não precisar tomar notas, presumi. O edifício Royal

Label, no centro, era a sede dos consultórios para ricaços. É um desses prédios modernistas cujas lajes desafiam a lei grave do dinheiro. Lá estavam lanchonetes e cafés no grande vão, o teto altíssimo de catedral, o piso com grandes pedras polidas alaranjadas e vermelhas. Numa dessas pedras cor de sangue, uma poltrona de estofo esverdeada. Afundada no estofo, Melissa. Pálida e adoecida, sua formosura fazia as pessoas olharem para ela como para uma beleza indomesticável.

Pegamos um táxi. Falei ao seu ouvido:

"O outro aborto tinha a ver com Steffano?"

"Isso importa?"

O motorista me perguntou se deveria seguir pela avenida da Previdência.

"Não", respondi.

O taxista entrou à direita, ironicamente a rua da maternidade.

"Não", repeti, sussurrei, para Melissa. "O hoje é mais importante."

Era mentira. Eu estava com ciúmes desse fantasma, sei lá, talvez Melissa o tivesse amado um suspiro que fosse.

"Oh toda garota merecia um Omar igual a você uma vez na vida, amigo."

Ela tinha a cabeça apoiada no meu ombro. Segurou meu queixo e o puxou para baixo e me beijou na boca. Inútil, um tipo de tesouro que não se pode ostentar, porque o beijo, o táxi, a aranha, o gato, tudo iria para o fundo dos nossos segredos invioláveis também.

Deixei Melissa na república feminina, para se recuperar em sigilo. Acho que já mencionei essa parte, talvez esteja repetindo uma coisa que já disse antes. Tornarei a dizê-la?

oOo

Chego à porta do quarto e revejo a sala sob olhar de periscópio. Há o corredor. O piso é um dominó ou labirinto ligando o outro ambiente e o banheiro à sala. Gosto de andar descalço pela casa e por todos esses anos constatei de este piso ter poros e a umidade mantê-lo orvalhado a ponto de molhar a sola dos meus pés em qualquer estação. Às vezes penso de o piso se levantar e se sacudir como um cão molhado e depois voltar a dormir. As paredes do corredor são lilases onde o azul e o vermelho se desbotam de modo arbitrário e eu e Violeta nunca ligamos para isso. No verão, o sol avança cedo para dentro do apartamento, esse desbotar dava e dá a impressão de vários crepúsculos. O efeito dessas luzes encompridava o corredor e a ilusão completa era dele ter dez metros de pé-direito. Hoje, os prédios em volta fizeram o efeito desaparecer.

A estante embutida defronte à porta do quarto protegia fotos de Violeta com nosso Martin, o postal do Krishna em moldura fajuta, o passatempo comprado de hippies: o caleidoscópio de areia a formar dunas quando o viramos de ponta-cabeça; meus livros, é como pudesse tocá-los e lê-los agora; vejo a vela e o fósforo, porque a pobre Violeta tinha medo de a luz elétrica falhar, era comum, ou cortarem o fornecimento por atraso, como era sempre na casa dos pais, e uma ou outra vez aqui.

Avanço pela umidade do cão molhado. A luz do sol acende tudo a partir da varanda, dois metros por seis com vasos de samambaias e bromélias e outros cactos da moda. Proteção completa. Olhos de Hórus e mandalas dependuradas na rede de segurança. Uma cadeira com estampas de arco-íris e o jabuti. Rescendia o vapor de gasolina do posto da esquina mesmo a gente no sexto andar e eu gostava de ficar por ali, lendo, fumando, essas coisas perigosas.

Há este livro esquisito. Ler não me impacienta. Tenho os óculos na coleira, ao pescoço. No começo da síndrome tentei vencer o silêncio escrevendo em blocos de anotação. Mas daí os pensamentos se misturavam dentro de um caleidoscópio, as palavras desertavam e a confusão mental evoluía para a tristeza e o choro.

Para mim, a viagem da fala terminara antes da vida. Não conseguir algumas vezes desvendar um miserável bilhete tem me dado a compreensão vil desse fracasso. Eu devo andar sem volta para o mundo do silêncio? Minha cabeça é uma oficina barulhenta, ela constrói objetos sem sentido o tempo todo. Velhice, teu nome é Medoangústia. Sobrenome Loucura.

E mais isso? Não queria mais chorar como bebê. E diante de Nara? E do bebê de Nara? Não e não. Se meus olhos chorarem outra vez vou querer arrancá-los para não parecer bobo.

Desenvolvi um rol de gestos para me comunicar. Com quem? Ah são mímicas perdidas para a profundeza dos espelhos. Resta ler, mas não sei se as palavras estão lá ou as fabrico. Posso caminhar. Os médicos dizem:

deambular. A palavra ambulância vem daí. Deambular pelo quarto, o corredor, a sala... e dormir, sonhar, talvez morrer.

Não se chega a lugar nenhum da casa sem se pisar em algum tapete, mania de donas de casa jovens. No chão, entre o corredor e a sala, uma batalha entre egípcios e árabes ou persas acontece fio a fio no bordado. Há as falanges brancas de onde se destaca o cavaleiro com arco e flecha mirando alguma brecha entre escudos e capacetes do inimigo. É improvável acertar alguém com o cavalo avançando no meio da infantaria de lanceiros e arqueiros de uniformes lavados de branco. Parecem mais ir à primeira comunhão do que ao combate. O outro exército se protege. Os caras com escudo estão levemente agachados e têm mais tropas e mais arcos, todos assemelhados a grandes bês. Seus escudos de molduras vermelhas são como portas e devem pesar mil quilos. Os elmos são dourados, ou refletem a luz do sol, mas, de tão pisado o tapete, não consigo ver os animais desenhados nos seus peitos. Faz mil graus de calor e lá atrás dois homens numa biga se protegem com um guarda-sol. Não sei onde conseguem água naquele deserto de cores suaves e por isto perigosas. Vença quem vencer, o deserto matará o vencedor. Atrás, ao fundo, está o castelo com oito torres e o céu a bordadeira o enfeitou com um albatroz. O pássaro e os homens na biga são figuras transportadas no tempo. No primeiro plano, entre os combatentes, o melhor: gatos. São listras de tigrezinhos, mas são gatos. Dezenas deles correm da esquerda para a direita, avançando ou fugindo em direção ao exército branco.

A sala de estar é também sala de jantar. A mesa com tampo de vidro redondo está sustentada em três canos em LLL, cor de vinho, contornados por duas cadeiras com espaldar de falso inox. Na parede e em tudo reina o gosto de Violeta. Da entrada do sol para cá: as cortinas são assim como chamam as madames: blecautes, quer dizer, duas camadas: o plástico grosso e sobre ele a cortinazinha estampada presa por enormes argolas prateadas. É como está no romance que estou lendo agora: nele, o casal passa o dia ela abrindo e ele fechando as cortinas da casa. No nosso caso, é o contrário.

Se arreamos a cortina de plástico e deixamos se esvoaçarem as estampas coloridas, a sala é embriagada por uma névoa formidável a ponto de uma vez o amigo Carlo Peixe ter comentado:

"Vocês deviam chamar um diretor de cinema nalguma tarde aqui."

Violeta se entusiasmou tanto com a ideia que na hora retocou o batom e foi ao banheiro se pentear.

É como fosse agora. O sofá são almofadões, o rosto azul daquele elefante, a outra é aquele 3 esquisito e místico, e as outras são de cetim, lisas, dourada e vermelha. Sobre o sofazinho, um poster com a letra completa de "Imagine", de John Lennon. Ou ele já estava morto ou o matariam logo. Não me lembro de tudo, embora é como se tudo estivesse acorrendo/ocorrendo/escorrendo neste minuto. Do outro lado da sala, o televisor portátil, cinza, a antena retrátil, o telefone verde com a fiação irrecuperavelmente enrolada em sua própria gosma sobre um banco alto. O móvel eu trouxe do escritório de uma amiga arquiteta. Ela largara a prancheta para se dedicar à culinária. Depois do banco, vejo o móvel com pés de onça, de quatro prateleiras. A primeira com o kit de primeiros-socorros e de manicure de onde a acetona e os esmaltes venciam os aromas dos éteres e mertiolates. Na segunda, estão dois ovos pesados ornamentados de dragões chineses e lá dentro intrigantes sininhos; um prisma de vidro, um termômetro que some e reaparece nos mais inesperados lugares da casa, o relógio digital de Violeta, o estojo redondo verde-claro, o espelho para um lado, o *rougé* para longe. Esses objetos faziam parte de incerta cosmogonia para Violeta. A princípio, eu ignorava suas cores, suas miudezas, mas gostava de ter nascido para proporcionar aquele lugar para ela, de ela ter o lugar para criar seu mundo. Olhar para aquelas coisas me fazia chorar, pois estavam ali seus sonhos, suas vontades materializadas, eu chorava por sua alegria, eu chorava porque amava aqueles objetos também, por aderência, por tabela, por amá-la, e não como um objeto, mas igual à constatação de um milagre.

Sentada nessa cadeirinha ali ao lado, Violeta me disse de um pássaro ter entrado no escuro do nosso quarto na noite anterior e bicado seu rosto várias vezes.

"E como você resolveu isso?"

“Eu o benzi e ele foi embora. Era o diabo e eu o expulsei.”

Nas duas últimas prateleiras havia livros. Com Martin crescendo resolvemos guardá-los em caixas para preservá-los e descobrimos, anos depois, pela força dos cupins, que nunca precisamos deles.

Ao lado desse móvel, o rack com aparelho de som, o rock; os botões deslizantes em acrílico com finíssimos raios azuis em baixo relevo para garantir as sintonias, os graves, os agudos, os médios, um pouco como graduamos as emoções ouvindo música. Eram dois decks e a face mostrava o infinito display do rádio, em acrílico ou vidro, as pistas para estações AM e FM. O tampo era uma caixa perfeita, limpa, translúcida. Ali dentro o prato da radiola, o braço de metal e o eixo permite colocar dois discos de uma vez, por causa de uma trava e o segundo disco ficava suspenso enquanto Bob Marley cantava no de baixo e Bob Dylan esperava ali em cima. Enfim, completando a parede, a torre com os discos.

Dividindo esses dois cenários, o centrinho de madeira, meus papéis, o cinzeiro de murano falso, o gatinho com a pata erguida e, já parte do outro universo, mamadeiras, cueiros, a vida e as coisas do bebê.

Quando chovia, como chuvisca agora, Violeta enrolava o tapete estendido entre a varanda e a sala, uma tira de couro malhado, do boi que insistia em manter o cheiro do curral, e o guardava detrás da cortina. Estou nesse lugar: entre a sala e a varandinha. Consigo ver lá embaixo sob a neblina as ruas estreitas e as casas pardas e brancas e negras e parte do comércio do bairro e o pátio da escola episcopal. Me recordo da polêmica da direção do colégio alertando para os perigos dos arco-íris: "eles são o símbolo de aliança de Deus com seu povo, mas foi raptado pela comunidade gay." Ou para todas as razões para se afastar a criança de unicórnios: "O perigo é o que eles representam atualmente, pois também é utilizado por personalidades para identificar alguém que não se identifica como homem nem mulher." Me lembro da nota porque virou letra de música que Peixe cantava para nos divertir. Assim, ficou proibido de as crianças desenharem esses símbolos, e de os pais comprarem estojos com essas imagens para seus filhos, incluído o material com o rosto de Guevara e o A do anarquismo. Essas estampas nada ingênuas.

A toda hora havia alguém usando o telefone público lá embaixo, uns com blocos de notas ou agendas, e todos desconfiavam de todos por conta dos dedos-duros como canos de revólveres da política.

Com exceção das férias do colégio interno, era esse o retrato inalterado do cenário.

Meus pais me deram este apartamento quando me casei com Violeta. Depois de muitos anos o cedi para Martin, quando se casou com Nara. Tudo está em meu nome, ainda. Nara espera melhoras na minha saúde para irmos ao cartório regularizar a papelada.

Isto aqui sempre foi nossa Bretanha e estou aqui de novo. A criança o jovem o velho. Não adianta dizer "o tempo passa." Tudo é mais grave.

Quando éramos recém-casados, os amigos costumavam vir aqui para os birinaites, como se dizia. Então mantínhamos os costumes e intimidades de solteiros, quando nos reuníamos. Deitávamos uns sobre os outros nas almofadas. Violeta deixava as pernas quararem no colo de Steffano, no meu, no de Peixe, no de Melissa. As garotas podiam dormir loucas de rum no colo de qualquer um. Os rapazes podiam acariciar os cabelos dos outros sem frescura, essa casa foi nossa Paris, nosso país, nossa Woodstock, e a sala de seis por seis metros era nossa embaixada do tudo-pode. Ou quase tudo.

A cozinha era pouca. Os azulejos faziam a meia-parede lembrar tanto Portugal como a Espanha. Antes do balcão americano, o tapetezinho de palha verde-escuro, furadinho, encardido. Era pra ser provisório, mas o fogão de duas bocas foi jubilado e ficou. A pia era de mármore falso. Havia muitas coisas falsas na casa. A água era falsa. O bico da torneira era de plástico para imitar porcelana e ao lado um filtro com água ionizada de eficácia 100% só na etiqueta. De resto, estavam por ali mais mamadeiras e papeiros e bules e bacias para escaldar e panelas e para os banhos-maria. Algumas vezes as garotas vinham ajudar com a roupa suja ou as tarefas, nos sábados à tarde, depois de o comércio fechar, assim podíamos contar com a energia de Carlo Peixe e a alegria de Melissa. Contudo, ao final, tudo se tornava uma farra e na segunda pela manhã havia mais garrafas para jogar fora. Uma perita em demolição ou acidentes aéreos vinha uma vez por semana ajudar Violeta naquilo.

oOo

Tentei avançar até a varanda e abrir o vidro corrediço movediço morrediço e sentir um pouco a chuva, mas os ferrolhinhos de falsos inoxes, enferrujados, não se moviam. Esse fracasso aumentou minha ansiedade e isso me faz suar na nuca e em pouco tempo o suor escorria pelo meu pescoço e ombros. É um loop, quanto mais me chateio com isso nessas horas, mais suo, e mais me chateio.

Caminho da varanda para cá. Aqui está a porta de entrada. O prédio tem 70 anos senão mais, e com o tempo todos trocaram as portas de entrada por outras com olhos-mágicos. Meu pai nunca admitiu essa covardia e eu não alterei nada por desinteresse e, pelo visto, ou não visto, meu menino Martin também não deu bolas para aquilo.

Estou proibido de abrir a porta e até mesmo de ir à escada para fumar. Nara tem medo de eu me perder. Isso lhe dará um trabalho a mais. Não sou alguém confiável. Minha memória é falsa.

oOo

Meu pai era um bruto, não ignorante. Lia, mas sua imaginação o carregava por extensas valetas e vales de entrelinhas e às vezes dava pena de ver se afundar no sofrimento de ler para além da letra e do legível.

Ele fazia preleções no almoço e acreditava de verdade na verdade, a sua.

“Não era assim quando mais novo”, dizia Giane, minha mãe, e seu comentário era uma coroa de mágoas, embora sem maiores assimilações.

“Amava a vida. Sorria.”

Ele não serviu ao exército nenhum minuto a mais do que pedia a lei e era o que se podia chamar de um espírito livre.

“Amava a beleza.”

Idolatrava Giane. Saiu do exército e partiu direto para a esbórnia, pois amava o mundo.

“Gostava mesmo da vida.”

Depois soubemos na pele onde foram parar suas ideias de liberdade: detestando jangos e amando francos neros e seus djangos, adivinhando a Terceira Guerra todos os dias, se tornou o moralista não diferente de um presbítero.

A beleza e o vitalismo de Giane tiravam seu sono e algum anjo soprou na sua boca o hálito de viciados fantasmas da punição, acossados pelo ciúme e pela sanha do bom exemplo. O Novo Testamento era complacente e humano demais. Acreditava em um Novíssimo, filho do Antigo, justo, duro, e escrito no dia a dia dos homens de boa vontade, mas sobretudo da coragem, da lei, da ordem, da moral e do civismo. Se dessem ao meu pai um gibi do Tarzan ele via ali propaganda comunista.

Era capaz de infartar discutindo sobre política no bar, no único dia bom para o conhaque, o sábado. Seu rosto se inflamava, as bochechas tremiam castigadas por choques mentais como as de um moderno Frankenstein, suas mãos gelavam ou degelavam a ponto de gotejar como doloroso milagre e ele dirigia de volta para casa no corcel sedan marrom, a bomba-viva no meio do trânsito. Se chamava Horácio.

Terminou morto, de verdade, o fim da vida-vidinha, recluso a sonhos e momentos apaixonados e insignificantes. No carro. O motor ligado. Na garagem. Da casa da amante. Monóxido de carbono. Segundo os peritos, demorou quinze minutos.

Não levava a menor fé na rapaziada. Se o rock avançava, se Cuba se mexesse, não Elvis, não Guevara, mas era eu quem tomava sempre na cabeça.

Quando soube de me tornar um professor de história, tratou de me colocar no lugar. Seu fôlego era de um pássaro. Mas sem poesia. Até hoje escuto seu pipilar, as palavras de fumaça queimando sua garganta, prontas a provocar mais dor a quem as ouvisse:

"Você já viu um presidente da república tomar um tiro no coração?"

"Eu soube. Li."

"Não sabe, nunca soube. Ler não é saber de verdade."

Era melhor eu ficar calado.

"Dois dedos abaixo do peito? Um homem honrado?"

Seus olhos se desabotoavam.

"Que merda de geração a sua pode contar sobre a verdadeira história, rapaz?"

"A verdade que está nos livros, papai."

Eu não o chamava pelo nome, Horácio, senão por papai; nem Giane de Giane, e sim por mamãe, na presença dele.

"Se ninguém cuidar de reescrever a história, você será só um vendilhão de mentiras, criança."

Eu e Giane combinamos de ficar em silêncio nessas horas.

"Eu poderia escrever a história verdadeira deste país. A gente precisa de uma bíblia nova. Alguém precisa fazer isso."

Silêncio.

Muitas vezes, o Bilac da utopia vinha para o almoço ou jantar:

"Ama, com fé e orgulho, a terra em que nasceste! Criança!"

Enlouquecera?

Giane me dizia:

"Sem essas manobras mentais talvez estivesse pior. Deixe-o."

"Nascerá em breve o soldado de Deus e da Pátria, o homem novo para este país, que vai construir uma grande nação."

Psiu.

"Não se discute Deus e a sua virtude; não se discute a Pátria e a Nação."

Giane me olhava e eu ficava mais pedra ainda. Muitas vezes imaginava que no meio do jantar a cabeça do meu pai explodiria e precisaríamos raspar aquelas ideias dos estilhaços do seu cérebro expostos na parede da sala.

"Tomei o partido da Pátria e de Deus. Estou tranquilo. Agora comam."

Ele tinha recortes de jornal onde aparecia o pijama listrado do presidente e a marca do sangue em formato do país. Havia ali por perto a foto do gorducho com o charuto equilibrado no beiço por milagre e a mão apalpando com vigor os seios de uma negra no seu gabinete no palácio. Meu pai ria de os dentes rasgarem a boca quando contemplava a foto, tirada um dia antes daquele momento trágico.

"Heroico, heroico", vejo-o agora mesmo de pé a me corrigir dali da sala.

Por isso, não se assustava tanto com o governo dos milicos. "São uns covardões. Não vão para a história, vão ficar todo-sempre na latrina, na vida-vidinha."

Não era só um frasista. Odiava a dúvida. Detestava a juventude porque achava a infância uma invenção da igreja mais complacente. O adjetivo ou substantivo aparece aqui nas minhas palavras-cruzadas. Mas é palavra do velho Horácio. Velho é modo de dizer, porque o gás o levou cedo. Levou também é modo de dizer, aquele leviatã, esse poseidon, este ciclope continua aqui. Horácio é modo de dizer *pai* com sete letras. Na velhice tudo é só modo cruzado de dizer.

Aos meus 12 anos de idade, encomendou ao alfaiate calças compridas para mim e me tratava como um adulto dissimulado: "Não finja que não está aí dentro, senhor Omar. Você sabe bem do que estou falando, pedaço de gente."

Levava a cabo cada palavra. Cada extralinha. E, ai-ai, algo me prendia àquele homem. Sua imagem de permanência. O destino cruzou nossos caminhos e, em alguns momentos, choro de raiva e tristeza porque o perdoo ou sonho que o compreendo. Ou por ter desejado amá-lo. Ou amar algum dia o que ele amou.

A velhice mata mais por desilusão que por desnutrição ou desidratação. Mais por distratos que por maus tratos, essas desculpas. Infantis.

Era esse mesmo apartamento, mas, ai-ai, talvez por conta de minha mãe terei virado um memorialista da mobília? Horácio e Giane mantiveram a mobília unissex, eram móveis com as quinas perigosas porque lâminas de fórmica, um bufê ocre ao modo de caixão, a espreguiçadeira com estampas de orquídeas vivendo em harmonia com peixes ornamentais no fundo de um rio gelado e selvagem. A recém-casada Giane tinha inclinação pelo mundo *simples* dos orientais e bajulava esses gostos praticando ioga sem mestre pelos livrinhos de bolso.

Meu pai havia pintado o casco do jabuti de amarelo para me divertir ou para não o perdermos de vista. Depois desse tempo todo ainda há vestígios da tinta a óleo na armadura do animal. Me lembro que ao lado do jabuti, fosse ele para qual lado fosse na varanda, sempre se postava a pequena estatueta de uma esfinge azul, vinho, dourada como tudo do mundo cafona. Havia um bar ou carro de bebidas com rodinhas ali no canto da sala a implorar por alguma elegância, o ambiente da cozinha com seu biombo, os ideogramas vermelhos "Esperança" e "Fé" nas duas faces douradas, de madeira, com os montinhos de pó feitos por polias a se erguerem na junção, perto das dobradiças, tudo algo tenebroso, em contradição com os bons augúrios dos japoneses.

Ou faz todo sentido: há alguns anos, vi esses ideogramas inscritos em um restaurante e, antes de qualquer epifania, quis me exibir aos amigos e para o sushiman. Então li:

"Esperança e fé."

"Não entendi, senhor", disse o homem.

"Os ideogramas aí atrás: esperança e fé."

"Ali está escrito: 'bom apetite'."

E finalizou: "Bom apetite para vocês." E saiu.

Agora entendo melhor as traças e as polias.

Essa mobília dava a ideia nítida da mentalidade daqueles dois, e terminou por definir minha noção de espaço e lugar do mundo. Devaneio? Serei mesmo eu, que a vida toda fiz pouco caso do passado, ele não define tanto assim as pessoas, que penso o contrário hoje? Que novidade é essa? Ando em busca de péssimas justificativas para não ser quem sou? O tempo devasta qualquer passado.

Vejo o apartamento através de acetatos e a mobília nessas três camadas de tempo faz protagonizarem os fantasmas. Imóveis. Minha mãe, meu pai, Martin, meu amado filho. Eu.

oOo

Nessa fase, eu ainda podia minimamente me comunicar:

"Como a senhora se chama?"

"Verônica."

Ela pediu para eu repetir algumas palavras. Repeti. Repeti. Repeti.

Pediu para eu ler outras na cartela e minha língua embolorava.

"Estou indo bem?"

"Sim, sr. Omar. Cada dia melhor."

Era o começo da doença e podia articular algumas palavras.

Até onde me recordo, a impressão é de morar dentro de mim um velho de fala arrastada. Ele está religiosamente de péssimo humor e se pudesse saltar aqui de dentro tenho certeza: atiraria em mim enquanto faço palavras-cruzadas. Tenho vontade de gritar, mas a voz não vai para além de um sussurro frio. Estou sem camisa e o consultório da fonoaudióloga é frio também. Este é o país dos condicionadores de ar. Ter um em casa, no escritório, no consultório, na loja, no quarto, no carro, no rabo, é sinônimo de classe e distinção. O friozinho está para a riqueza. O realismo suíço. O calorão é para os pobres. O inferno africano. Divago para sobreviver.

"Como a senhora se chama?"

"Verônica."

Ela se distraía com papeis. Depois se levantou, andou até mim e começou os exames ali mesmo.

"Vamos dar um jeito nessa sua língua."

"Melhor arrancá-la de vez. Sempre me deu problema." De tudo, ela entendeu o verbo.

"Arrancar? O sr. disse arrancar?" Ela deu uma risadinha. "O senhor é engraçado, sr. Omar. Vamos exercitar os músculos daqui", ela apalpou minha garganta e apertou com força meu maxilar e não me restou nada senão escancarar a boca.

"Ahhhh."

"E aqui", vasculhou minha língua com a espátula.

"Como a senhora se chama?"

"Verônica."

Não gosto da voz desse pato dentro de mim, Verônica. Diante de Verônica todo meu corpo funciona, menos a laringe e a traqueia e a língua. Gosto da ideia de estar excitado e gostaria de presenteá-la com minha humilde ereção. Abro um pouco as pernas para ela notar algum viço dentro da bermuda. Ela tem os olhos para as cavernas de onde tenta emergir o monstro da lagoa da minha fala. Voltou a se sentar. Ela tem as coxas descabidas na calça comprida branca apertada. Sentada é como a namorada desses motoqueiros. Agora se levantou de novo, foi até a prateleira de vidro no ponto extremo do consultório buscar mais espátulas e acho que se exibia. Quando se virou, flagrou meu olhar no lugar onde segundos antes era sua bunda de mármore. Ao se virar, foi pior para mim: aquele V me lembrava Virilha, Volúpia, Vinco, Vênus, Vulva, Vagina... pena eu e ela não treinarmos nem estimularmos esses fonemas, va, ve, vi, vo, vul.

"O bom sinal é o sr. ter força nos músculos aqui, na parte detrás, atrás da língua. O mal sinal é o sr. ter voltado a babar."

Nara entrou no consultório ao fim da consulta. Ela e a assistente me ajudaram a descer da maca. A moça me levou para detrás do biombo pra eu vestir a camisa. De lá detrás, me ocorreu a curiosidade:

"Como a senhora se chama?"

Ela respondeu, com voz pedagógica:

"Verônica."

Pude ouvir a conversa dela com minha nora. Nara tem a voz sempre mansa e calma. Não quer dizer doce. Está a falar baixo, mas isso funciona algo terapêutico para mim. Ouço tudo. Perfeitamente.

Isso foi Nara falando com a médica:

"Vê? É o dia inteiro assim. O inferno das repetições. Não aguento mais, doutora."

"Entendo. É preciso paciência. Ele voltou a babar. É um ciclo. Neurológico. Paciência."

"A minha acabou. Por isso me tranco no quarto com meu filho e o deixo se virar. Tenho medo do menino aprender a falar embolado feito esse aí."

"Que maldade", disse a médica e, pelo tom, sorria.

"Tenho filho para criar. Tem meu trabalho. Minha vida."

Fiz mãos duras de zumbi para prejudicar as manobras da assistente detrás do biombozinho e me demorar. Mas a moça conseguiu enfiar minha mão direita na manga comprida.

"Divida isso com alguém,", disse a linda doutora V., para minha nora.

"Não há ninguém mais."

"Será bom a senhora marcar um psiquiatra."

"Não aguento mais médicos para ele. O dinheiro não dá para tantas sessões."

"Para você."

Relaxei a mão esquerda para a assistente vencer. Gostei mais ainda da fono.

Ao sairmos, ela se despediu.

"Até breve, sr. Omar."

Meus pensamentos vagavam longe, embora bem perto dela. Sentia seu perfume, a fantástica sensação de higiene de uma mulher jovem, isso pode destroçar um coração velho.

"Se despeça, Omar", Nara falou, gentil.

Eu fiquei em silêncio. Os exercícios destruíram os movimentos de minha língua. Tentava abotoar o botão perto do colarinho. Nara afastou minha mão para demonstrar a inutilidade do meu capricho. Do nada, pensamentos e sentimentos antigos me desmoronaram. Do nada, a vontade de chorar.

"Como é o nome da doutora, Omar?", perguntou Nara.

Seus lábios tremiam. Não sei se riam de mim, essa figura ridícula, ou se me odiavam, essa pessoa detestável.

Meus olhos ardiam.

"O nome da doutora?", respondi perguntando, e tentei:

"Melissa?"

"Não, Omar. Se esforce um tiquinho."

"Como a senhora se chama, doutora?"

Ela respondeu, com voz dulcíssima.

"Verônica."

"A senhora entende o que estou falando, doutora Verônica?", reclamou-se minha nora.

"Há algo de maldade nisso, doutora?", Nara perguntou. "Vejo velhos por aí e eles não são assim tão pouco colaborativos."

"Ele não é tão velho", a médica disse. "Talvez ele se veja assim."

Antes, tive alguns momentos a sós com a médica. Suas perguntas foram impertinentes:

"Vamos lá, senhor Omar: reaja. Por que você quer que sintam peninha do senhor?"

Tentei alguma palavra, mas só consegui um meneio com a cabeça. A pergunta trazia um interesse verdadeiro. Ela buscava me tirar de algum inferno que há dentro de outro inferno que é meus sentimentos, a dor no vazio.

"O que você está tentando acelerar, afinal? Quer se parecer com esse velhinho aí, o tempo todo? Ânimo, 60 anos não são 160."

"Não são 60 dias, 60 minutos, todavia.", pensei, os olhos lacrimejando.

"Entendo", a médica falou. Ela mesmo parecia tocada. Ela pegou minha mão esquerda e por algum momento pensei que a poria nas suas coxas e a ideia alterou meus líquidos. Ela agarrou minha mão carinhosamente.

"O senhor está por acaso pensando em morrer?", ela me perguntou. "Se for o plano, me diga, assim já pulamos alguns exames." Riu. Meu corpo estava mais relaxado, sentia o suor frio escorrer pelas canelas, e ri também.

Eu sabia todas as respostas ou não sabia de nenhuma. Tinha medo não das lembranças, mas dessa fábrica de antimemórias, de esquecer pessoas tão queridas como Martin. Violeta. Passara boa parte da vida falando de gente imortal para meus alunos. Cleópatra,

Napoleão, Sócrates, Gandhi. Todos esses rostos se juntam para formar o rosto da imortalidade. Não é isso o que quero, minha irmã, penso enquanto olho para a doutora. Mas como gostaria de mais uma vez poder estar com algumas pessoas. Mas não deu tempo.

"Deixe morrerem aí dentro", disse a médica, ou imaginei que pensou e me disse.

Fiquei o restante do tempo indiferente às perguntas. A sala ficava no último andar de um edifício moderno, muito alto, e a luz da sala se alterava ao sabor das nuvens oferecendo mais ou menos resistência ao sol das três da tarde. Na sala, tudo em volta cheirava à água sanitária. Tudo perigosamente limpo.

Terminamos. Ela me levou até a porta do consultório, onde estava minha nora e o menino:

"E aí, como foi a consulta, Omar?", Nara perguntou, para descontrair. E já emendou na pergunta infantil: "E como a doutora se chama?"

"Claro, ela se chama Verônica." Repeti como um cavalheiro, tentando agarrar sua mão e beijá-la. "Pronunciei bem, *mademoiselle*?"

Ninguém ouviu.

"Até breve, sr. Omar", Verônica se afastou.

"Verônica", repeti com meus botões até a porta do apartamento se bater com raiva detrás de mim. Pensava na vida como um grande teatro asséptico e suas repetições.

"O que almocei ontem? Quanto é três vezes quatro?", as perguntas são agora da outra médica.

"Ah, doutora, primeiramente, almocei um javali da Lucânia, capturado sob os auspícios de ventos suaves; ao redor dele, vieram pequenos rabanetes picantes, alface, raízes, coisas que excitam o estômago cansado, nabos, anchovas e borras de vinho para ajudar na digestão, entre outras vantagens médicas."

"Rabanetes e alfaces?" Não adiantava. Ela é como minha língua. Não acompanha meus pensamentos.

"Alfaces e rabanetes não sustentam ninguém. O senhor é uma figura. O senhor deve estar brincando."

"Não estou."

"O senhor falou também rabanetes? Se importa se eu perguntar a sua nora?"

Eu não me importo com mais nada. Fiquei em silêncio.

A médica quis fazer mágica com agulhas.

"Vamos fazer infiltrações para descontrair alguns músculos do maxilar. Está tão tenso que podem se partir. Isso vai facilitar a recuperação."

Infiltração: a palavra me levou para o tempo da vida mais perigosa e me lembrei da passeata, do poeta Baltar e sua corda incorruptível. Da bela Inês, acima de Deus, da pátria, acima de todas as mães do mundo, porque de verdade.

Infiltração: não sei se a fizeram. Quero sugerir algo: por que não extirpam logo a laringe, essa engrenagem toda inútil em torno da boca murcha, a laringe ou faringe, sei lá, as cordas vocais, e assim extirpam de uma vez a esperança da palavra e talvez assim extirpem também a ideia de algum pensamento?

Não é verdade. Me dou bem com meus pensamentos, mesmo quando eles funcionam como palavras-cruzadas, mesmo incompletos, com essas casas em branco. São o que sou e não tenho arrependimentos. Essa é uma das vidas possíveis. Tenho um Omar lúcido e infiltrado dentro de mim e com ele durmacordo. Deixemos pra lá. Só sei que nada adianta e continuo esse boneco em busca de ventríloquo, de novo esse teatro.

Finalizada esta caminhada, estou cansado e suado e volto a pisar em falso com a perna direita. Não gosto de reclamações, mas sinto pontadas nos pés e nas mãos de vez em quando. Nas mãos são agulhadas. Nos pés são punhaladas.

Retorno ao quarto e à realidade. Não paro de olhar para a foto de Martin. Retirei-a da gaveta e a apoiei no pianinho de brinquedo. No seu rosto há mensagens indecifráveis para mim. Máscaras.

Sinto sede e volto à cozinha. Há a toalhinha de pano presa ao trinco da geladeira e enxugo a nuca com ela. Bebo água. Deixo a toalha na pia e me viro duas vezes para me confirmar se fechei mesmo a geladeira. A geladeira é de aço e funciona como espelho. Me olho: se rio, se choro, se praguejo, minha cara é sempre a mesma. Para além, da cabeça, a herma, vejo meu tronco nu. Tenho mais peitos que uma garota de 15 anos. Fricciono os pelos brancos dos bicos. Nara me falou algo sobre a lei de não andar assim pela casa, mas talvez tenha a ver com minha nudez total. Nada demais, penso. A cozinha tem uma lâmpada fluorescente e tudo ali é um azulado luar de biotério. Sem tapete. E nada mais. A sala de estar e jantar tem uma mesa retangular, seis cadeiras e as paredes são brancas. Sem tapetes. E nada mais. Em vez de algum vitalismo, Nara preferiu trocar alguns objetos vivos por uma imensa cruz na parede central da sala. Eis o Nirvana dessa mulher. Em certos dias, porém, a imagem não é tão ruim quanto parece.

A varanda, o varal dobrável para secar roupas quando vem o sol e aquela pequena montanha entre os jarros é o jabuti. Não sei se o inquilino já partiu e vejo somente seu casco no chão sem tapetes. Sem guerras. Sem persas. Sem árabes. Sem egípcios. Sem tapete. E nada mais. O corredor tem um lustre no lugar da estante embutida. E nada mais. Aqui no quarto está o berço branco do meu neto, o pianista, o cachorro, o piano e a cama sem espelho onde durmo. E a foto. Nada mais. Natan dorme com a mãe no outro quarto depois de eu vir morar aqui outra vez.

É triste e, ao mesmo tempo irrelevante, constatar: Nara não tem cosmogonias.

Esta caminhada até o quarto extrapolou minhas forças como naquela manhã da passeata. Steffano voltara a ter ideias de falsa importância e posava com a máquina fotográfica dependurada no pescoço. A pedido do consulado, a ideia era fotografar tudo do terraço do Valadium, de trinta andares. Não chegamos lá nunca. Tudo está vivo outra vez.

Eu e Violeta apenas estávamos. Nada nos comovia. Discutimos bastante na noite anterior sobre vários assuntos, sem tocar no que de fato importava. Ela era uma beleza algo doentia.

Melissa, a minissaia era um abajur o vento a luz ela mesma. Carlo Peixe ficou pronto para agarrá-la pela cintura e fazê-la voar à Cartier-Bresson, em preto e branco, sobre a poça. Era dele a ideia também megalotípica o todo tempo de estarmos vivendo momentos históricos. Quando ele ergueu nossa bailarina Melissa, então a poça virou mar. De todas as direções e do nada, a onda nos atingiu na esquina da Lima Barreto *versus* Afrânio Pessoa. Fomos inundados. Era um protesto e um enterro e uma procissão e um carnaval ao mesmo tempo. O estudante morto pela repressão estava entre nós, em algum lugar. A imagem que me ocorria da passeata não era a ideia da linha, indiana, nem do círculo, místico. Era a esfera. Sufocante. Incandescente. A multidão-esfera caminhando o tempo todo para fora e para dentro dela mesma. O estômago de uma bolha. Ah não queria filosofar senão sair vivo dali. Éramos milhões. Mais. Em uma hora tentando, conseguimos avançar cinco, seis passos. As pessoas brotavam do chão.

"Vamos voltar, vamos sair", pediu Melissa.

Impossível, era impossível.

"Impossível", eu disse. "Vamos marcar um ponto de encontro", gritei. "Vamos nos perder."

"O.k.", Steffano também gritou. "A gente se encontra na..."

Foi engolido.

Melissa foi engolida também.

Eu não, mas minha mão soltou a mão de Violeta para se defender dos empurrões. Depois disso era manter os punhos fechados diante do rosto, os cotovelos colados ao peito. Algumas horas nisso e os bíceps começam a arder, antes de adormecer e voltar a doer e queimar outra vez.

Permaneci dentro dessa tolice dos adágios: só, no meio da multidão. Quando a onda me empurrava para cá, eu pensava no futuro; para lá, no passado. Esses monges do Tibet que tanto Violeta admira não estavam mais angustiados do que eu. Steffano teria dito: "na" ou 'no"? Ele disse "na." Restaria, ao sair, tentar adivinhar lugares no feminino no lado de fora da esfera.

A ideia de me perder deles era carregada de sentimentos ambíguos. Me recordo da conversa com Violeta logo pela manhã, onde não dava para explicar os futuros dos pretéritos. Eles deixavam minha vida em perigo. Foi uma conversa boba, mas me deixou de mau humor.

"Me diga aquilo de novo, Omar."

"Eu falava sobre o quê, mesmo?"

"Não. Falo de ontem, quando estávamos no quarto."

"Falei muitas coisas."

"Não. Você disse só uma coisa que importava, ontem... será que aquilo vale para hoje?"

"Ah, você quer ouvir de novo, não é?"

"Me diga aquilo de novo, Omar."

"Eu disse: 'eu me casaria com você.'"

"Não, ainda não é isso."

"Eu disse eu te amo."

"Isso. Isso. Diga de novo."

"Eu amo você."

"Você jura dizer isso todo dia?"

"Sim, isso é fácil."

"Então eu topo."

"Topa o quê?"

"Casar. Me casar com você."

"Puxa, Violeta, você me pegou de surpresa."

"De surpresa? Você mudou de ideia porque bebeu um pouco?"

"Não, não. Só fiquei surpreso, só isso."

Ela ficou em silêncio fingindo passar a eternidade escovando os dentes.

"Vamos ver isso. Sim, eu te amo", eu disse.

Nossas mãos se separaram no meio de recordações e de tanta gente.

Gosto da multidão. À distância. É um amor mais instinto que desejo. Ela lá, eu cá, observo-a se mover e tento imaginar onde está seu coração, a agulha de onde tudo parte. Mas a amo como o desertor ama seu país particular e não o quer no meio do pior, das guerras.

Desertar, abandonar, são verbos camisa-e--calça, combinaram comigo a vida toda. Agora estou aqui. E serei esse coração? Ou será o desta moça ao lado com seu chapeuzinho de lã rosa e seu macacão laranja e seu cheiro de óleo e não o aroma das montanhas? Ou esse coração é o de Violeta e seu braço e mãos de elástico buscando as minhas ou pedindo para que eu pedisse fervorosamente sua mão? Não sou. Sou o anticoração das coisas, do amor romântico, das pessoas reunidas. De longe é que amo as passeatas, os carnavais. De perto, e de dentro, minha audição se transforma na minha visão, meus olhos agem como minhas narinas, meu olfato se cala, meus ouvidos gritam, minha pele é capaz de sentir gosto das mocinhas em macacões, e aquele amor à distância agora é um torpor invencível, de um céu azul-escuro, escuro, e devo me controlar para não rodopiar e cair. Não é drama. Já ocorreu outras vezes de minhas pernas bambearem no meio do povo e eu quase. Tudo começa com o grasnar do pássaro mental aqui dentro de mim e é o fim. Então sempre corro antes de o corvo crás bicar meu rosto. Não há como correr e me preparo para as asas de todos os pássaros baterem e se chocarem contra janelas e portas fechadas até virarem poças de sangue nos batentes e enfim vencerem a madeira e o aço e romperem as vidraças e destelharem as casas e nos perseguirem durante a madrugada e bicarem todo mundo no cocuruto, nos olhos, sem pudor, em sua máxima violência, até formarmos uma multidão morta e, ao fim, porque cansaram, voltam gaivotinhas inconsequentes e pombinhas inocentes ao céu para compor os quadros dos aquarelistas amadores e a cena urbana dos fotógrafos de rua. Esses pensamentos me cansam enquanto escorrego e tento tirar meu pé de baixo dos pés da centopeia. A cada passo, cada gesto, meu suor vira pensamento e memória: "Que beleza se safar de uma atitude inconsequente, e não pensar mais nisso, hem?" A frase é outro bater de asas. Ouvi-a do meu pai, alguns anos depois de, bom, não adiantemos os relógios, meu pai é um relógio brutal na minha cabeça. "Omar, sempre estou descendo muitos degraus quando falo com você." Esse era outro tique-taque sinistro em nossa relação.

Olho para as sombras deste desfile. Mas nada é sombrio. As sombras são frutos de minha péssima pescaria. Tudo brilha. Os rostos rutilam a juventude de todos os dias. De longe vejo a fachada do teatro Real onde a atriz de biquíni empunha sua bandeira e exige liberdade há séculos. Ao lado, no bar dos pereiros, há pequenos incêndios nas deixas certas de toda revolta. Resplandecem os corpos da militância, a rutilância. Brilham as serpentes de quilômetros de faixa com versos de poetas cansados, ainda bons para o gasto e o gesto das passeatas. Então canto com eles e eles passam. Passeatam. Tenho vontade de gritar com prazer, mas estou no meio de desconhecidos. Não. De vez em quando vejo rostos conhecidos, minha professora do primário mordendo o próprio braço de revolta, movidos a estimulantes como pervitin, os operários da construção da igreja em frente ao meu prédio, mas vejo mais a gente do futuro, que conhecerei anos depois e os reconhecerei no metrô, na cantina da universidade, no labirinto dos departamentos da universidade. Nenhum me reconhecerá. Eles continuam brilhando e o que rutila ou chameja em mim tem a ver com desistências.

No meio do povo, um caminho se abre.

"Quem vem?", perguntei ao homem suado da ala dos peões.

"Sou do comando e não sei de nada. Mas certamente quem vem não é um dos nossos. Você também não é."

Então sou esmagado para abrirmos o corredor no meio da multidão. Vejo se aproximar o esquife.

"Quem é?", me perguntam.

"É o estudante morto na semana passada." A velha com cara de megafone falou ao lado do peão. "As bombas explodiram e levaram as pernas e os sonhos de Julio."

Ele segue cúbico, no caixão quadrado, coberto por bandeiras e faixas. A imagem oscila entre luzes e sombras até se instalar o meio-dia e não há mais variações nem penumbra.

Orações: "Não conseguimos lhe salvar, Julio. É preciso enfrentar toda ameaça como tu, Julio. E vamos fazer isso agora."

Urros: "Agora."

Gritos: "Agora."

Murmúrios: "Sem demora, já."

Há muitas vozes e a dor que sentem me arrepia. Não são vozes veludosas, nem vozes veladas, mas crocitares de impertinência, barulhos.

Eu digo, "Agora", e agora sou um deles e amo o que amam, de forma violenta, e temo que isso acabe com eles e comigo. De novo me perco comovido entre versos de memória e adágios: sangue, suor & lágrimas.

Chamavam a atenção as lágrimas do grupo de escoteiras em torno de uma mulher. Ela estava nua, mas seus cabelos cobriam seu corpo, de açúcar. Se chamava Inês. Sei disso porque um dos três ou quatro homens jogando baralho a dinheiro atrás de mim revelou tudo:

"Aquela ao centro é minha mãe, Inês. Aposto que não há ninguém tão fiel quanto ela entre esses cem mil aqui ou os bilhões da Terra. É tão fiel que parece um homem."

"Ora, deixe de besteira e descarte o Ás", ouvi retrucar a voz de um homem do povo.

"Ela está acima de todos, minha linda mãe Inês", disse o filho.

"E por qual razão está nua uma hora dessas?", perguntou o outro.

"Passe aqui a garrafa e vou contar rapidamente sua história", ele disse.

Tentei me virar, mas não havia como girar sequer o pescoço. Me limitei a ouvir.

"O prefeito Arnóbio se apaixonou por ela. Porém, ela se recusou a se casar com ele: 'Escolhi um marido invisível para qualquer mortal', minha mãe respondeu. O prefeito se reclamou ao seu pai, nosso governador. Esse forçou minha mãe a casar-se com o filho. Primeiro, lhe ofereceu joias. Ela recusou. Depois, lhe surrou por uma noite e um dia. Ela resistiu."

"É sua vez", falou um dos jogadores. O filho de Inês, a nua, continuou:

"Ela resistiu a toda oferta de diamantes e socos. Ontem, o governador ordenou que arrancassem suas roupas e a levassem pelas ruas até o bordel, onde quem quisesse poderia se beneficiar dela de graça."

"Eu topo", um deles disse.

Eu ouvia enquanto olhava para Inês.

"'Meu marido tem os lábios úmidos de leite e mel', ela disse ao governador e ao prefeitinho. E isso os chateou mais e mais aos vereadores."

"Quem é esse marido de sua mãe, porque certamente não é seu pai, Gregório."

"Se cale, deixe o homem jogar."

"Você vai saber quem: assim que minha mãe foi jogada nua aos lobos e às bocas de lobo da rua, seus cabelos de ouro cresceram e taparam sua nudez. No bordel, todos as mulheres e homens ficavam cegos ao tentar tocar seu corpo."

"Sendo assim, eu passo, não topo", descartou aquele.

"Você fala isso e pode ser verdade, moço", falou alguém em torno de nós. "Ontem minha namorada chegou cega em casa."

Gregório, o filho da Inês dourada, continuou:

"Foi quando o prefeitinho tentou se aproximar de minha mãe e um demônio o cegou e o estrangulou."

"Jura?"

"Jura?"

"Você não está roubando?"

"O governador caiu enfurecido e triste ao mesmo tempo sobre o corpo do filho e pediu misericórdia à mamãe."

"Vamos logo, conte, a passeata anda."

"E termino: Inês ressuscitou o prefeito. Mas ele está cego de um dos olhos. Mesmo assim o governador ordenou que a fuzilassem ainda hoje. Parece que não adiantou."

"Certeza que não", eu disse olhando Inês, cujas coxas seriam capazes de enlouquecer as santas do céu e do mar.

"O dia do governador ainda não terminou", disse uma eleitora que passava.

"Veja como dança no meio de sua fogueira invisível, indo ao seu casamento", bebeu e bateu o jogo o filho de Inês.

De longe, eu via o grupo de escoteiras gritarem seu nome, inflamadas, sob halos do sol. Agora, os nomes de Inês e Julio se misturam em algum coração geográfico da multidão.

Eu me recordava do meu pai.

E da minha mãe.

Foi quando parte da multidão se contorceu e se desviou toda para um lado. Como quando se contorce o mar, eu sabia: o movimento voltaria, e iria esmagar alguns contra as paredes do comércio da rua. Então me comprimi atrás de uma coluna e esperei a ressaca.

"O que houve, o que houve?", todos querem saber.

"Esfaquearam o padre, esfaquearam o padre."

"Que padre, que padre?"

"Vai se saber que padre. Vai se saber."

Vimos passar acrobatas, talvez artistas do circo que são as ruas, com as mãos vermelhas de sangue ou anilina.

A visão desse sangue aumentou meu mal-estar. Fui ao limite e devo ter desmaiado. Antes golfei e sustentei a ânsia. A maré me levou. Ao abrir os olhos a coluna fugira das minhas mãos. Estava na rua dos Correios e a mulher jogava água no meu rosto.

"Vamos, menino, acorde. O menino está bem?"

Tornei. Não era Nossa Senhora, mas me pareceu ser abraçado por uma pachamama. Eu queria passar o resto da vida ali. A mulher era magra, de sotaque português, o rosto aspirado para sumirem as rugas. Tinha listras coloridas nas bochechas como os índios quando são macaqueados pelos brancos e pelas brancas, para me explicar melhor.

"Sim", respondi. "Me perdi dos meus companheiros", eu disse, confuso.

"Aqui é cada um por si, meu filho."

Tive vontade de agarrar os peitos da mulher e mamar. Mamar até tudo desaparecer.

Mas essa mãe coletiva, universal, desapareceu antes, com suas botas vermelhas, para socorrer alguém.

Passados esses anos todos não sabemos qual padre esfaquearam. Nem sei que mulher era aquela.

Voltei a pensar em Inês, a mãe do jogador de baralho e se enfim chegara para ela sua hora, a hora do governador.

Minha mãe havia sido *miss* na sua cidade aos 16 anos. Ao som de "Dominique-nique-nique", desfilou sentada numa poltrona alçada ao grau de trono na boleia do caminhão dos bombeiros pelas ruas de São Domingo, com coroa na cabeça e laquê nos cabelos e na mão direita (e ria quando me contava isso) o cetro de vidro cuja extremidade era a maçaneta de uma porta, mas para os súditos e fiéis de São Domingo era cristal das fadas ou a cabeça de um cão ou de uma raposa ou de outra *miss* suplantada, decapitada, era isso, era mais isso, dizia minha mãe.

Quando aquele plebeu meu pai a viu empunhando o cetro e acenando com a luva para seu povo, resolveu monocraticamente primeiro possuí-la naquele mesmo ano, depois dominá-la, arrancá-la da cidade, depois ter um filho com ela, depois seguir sua vida buscando cortejar outras cabeças, depois abandoná-la para, somente depois, babão, reconhecer o quanto a amava e a vida injusta enfim.

O plebeu afundou todos nós na merda de sua arrogância. A *miss* teve a vida de revendedora de móveis antigos até montar seu próprio negócio no ramo.

Aos sábados a *miss* ex-ioguista me pedia para massagear suas pernas e coxas com os cosméticos que prometiam o tônus do mármore, a textura da porcelana ou dos muranos ou da felicidade e só entregavam as banhas dos geis e o fumo das cânforas. Só a biologia exemplar da *miss* e o vinho e os cigarros, mas sobretudo uma ideia do viver-bem, apesar dos pesares e apesares, a salvavam. Se os cremes não a devolveram aos cúmulos e aos tronos dos Mercedes-Benz do corpo de bombeiros de São Domingo, serviram para me iniciar no como é poderoso para um jovem manobrar o corpo de uma mulher e adivinhar onde pode morar um gemido que distrações costumam não deixar disfarçar.

Por muito tempo essas substituições e cosméticos e as visitas a mansões arruinadas, às mobílias com histórias falsas eram sua fonte de alegria.

Os espelhos velhos se rejuvenesciam refletindo sua figura.

Me lembro que, aos seus 30 anos, e até aos seus 40, eu evitava apresentá-la aos amigos da faculdade pois sabia exatamente as tarefas finais deles em casa. Era exuberante em tudo.

Não adiantava procurá-la agora desmamado no meio da multidão.

Minha mãe não fez como Inês, cujo marido era invisível. Ela se casara com um homem presente de corpo e ausente de alma. E tanto eu quanto o jogador de cartas Gregório, o filho da Inês nua, estávamos certos. Nossas mães superam a de todos.

A *miss* São Domingo, Giane, seguia sempre alegre esperando alguém para amar. Aos 30, já velha para o invasor, não cansava de esperar um cavalheiro a conduzi-la a outro altar. Aos 35, sempre esperando alguém que possa amar, Giane caminhava pela avenida, não no alto de uma viatura, mas ao rés do chão, quando alguém notou o doce olhar de Giane, aquela que nunca se cansou de esperar. A visão do paraíso fez pulsar seu coração. Aos 42, ela nunca se cansa de esperar, posso falar dela sempre no presente, encontrou um velho rei aposentado da marinha mercante e ele pediu sua mão tomando um *milk shake* no feriado no velho bairro dos armazéns da velha alfândega.

Em um mês sua loja "A rainha da mobília" tinha nova administração e Giane estava bem e feliz com a ideia de um eterno namorado, alguém capaz de amar.

Meu pai não transformou sua vida num inferno dessa vez. Pelo contrário, se dedicou aos filhos da outra *miss* como se fossem seus, uma cuja beleza não se marmorizara como no corpo e na alma de Giane. Ele se mudou, ela se mudou, e era como jamais o caminhão de bombeiros.

Mas algo ainda iria ferir o doce olhar de Giane rumo à estrada do sol.

Como os móveis, as pessoas descascam e não adiantam os vernizes, a madeira naval: os marinheiros empalidecem e morrem. E aos 50, bela como aos 16, vestida em um maiô escarlate, deitada sobre uma mesa de jantar à Luiz

XV, me pediu a última massagem e, sempre alegre, sem cansar de esperar, me comunicou:

"Estou fechando a loja, Omar."

Sem mas-mas, falou a coisa mais linda sobre a vida e as restaurações:

"A maior felicidade foi o amor que me deu", me disse a voz que eu tanto amava.

E a *miss* São Domingos se foi e não voltou.

É uma gaveta de granito na mobília, entre os sepulcros do Parque Helena Rubinstein.

Enquanto isso, alguns de nós têm de continuar vivendo.

Andei muito, e em vão, porque ouvi mal. Estavam *no* Tripalium: Melissa havia tirado os tênis, exausta. Steffano, nenhuma foto. Meia hora depois, chegou Violeta. Tagarelava. No sentido contrário, Peixe, meia hora mais, silencioso, grave. As luzes dos postes e dos letreiros do comércio do centro da cidade se acendiam como uma onda e numa contra onda as luzes das lojas se dissipavam. Em mim vencia a sensação de curto-circuito, de luto, de tempo perdido, de tristeza, conduzida por um pensamento sinistro: era como 40 anos se passassem em um dia e estivéssemos de novo gritando pelas mesmas razões, já há décadas, caducadas. Isso não fazia sentido. Ou faria, ou faz, ou fez?

Violeta preferia nada, respirava esbaforida, e a conversa de Steffano sobre guerras era uma forma de aniquilá-la mais.

Quando cheguei estavam neste ponto:

"Eu não entendo de política."

"Os americanos são milhões de olhos sobre o Afeganistão."

"Não entendo de política."

"Meu pai me disse ontem no almoço, quando encomendou essas fotos: 'Eles qualquer dia vão comer o cu do Iraque.'"

"Não entendo."

"O doutor Sanguinetti disse assim, mesmo? Não imagino aquele homem falando desse jeito", Violeta falou.

"Você está por fora. Nas reuniões dos cônsules ele é o campeão da retórica e não da lógica. E é o rei do palavrão." E continuou: "Eles vão comer também a Síria, Violeta."

Uma vez fui a um jantar no consulado, o palacete das Ninfas, uma extensão do lar dos Sanguinetti. O pai de Steffano falou algo e imediatamente os canapés me enojaram e, pelo que vi, somente a mim:

"Se combatem tanto, se falam tão mal do nazismo é porque deve ter algo de bom ali, não?"

Violeta defendia-se como podia dos comentários de Steffano:

"Já disse. Não entendo. Não gosto. Não conheço nenhum americano, nenhum russo, nenhum iraniano, nenhuma síria, nenhum afeganistanense."

"Afegão", alguém corrigiu.

"Nem essezão."

"Violeta tem razão", também eu me cansei do papo. "Ninguém entende aquele mundo, lá. A guerra estragou a memória deles. Nem sabem mais a razão de se matarem há séculos."

"Eu sei", Melissa disse chupando o drink com canudinho, "eles retiraram uns livros da Bíblia e não devolveram. Depois tiraram o nome de Jesus e colocaram outro cara no lugar. Mais não sei, porque desde ontem sou budista, budista-seicho-no-iè-iê-iê", disse e riu. "Do mais, estou com Violeta e não abro. Foda-se a política."

Jogou fora o canudo e bebeu o licor quebrando o gelo com os dentes.

Carlo estava perto, estava longe... calado e grave, grave a ponto de não sorrir nem opinar, esse esporte nacional. Se transformara em alguém metido em epifanias.

Não sou desses. Não deixo as coisas chegarem ao ponto crítico. Como faço? Se dói, grito. E não alimento, como chamam? esse eu interior com dores que não posso carregar sozinho. Peixe tinha tendência a essas viagens. Era um ser puxado ao abstrato e isso faz mal. Peixe era Peixe. Comigo a lei é o abraço de afogados. Entre a poesia e a corda, estou mais para a corda.

"As pessoas só devem frequentar uma única revolução: contra a morte", eu disse a Carlo na intenção de ele retornar.

"Lutar contra a fome e a pobreza é lutar contra a morte."

"Ah, sim? Me mostre onde isso funcionou."

"Rapaz, lhe estranho. Isso é pergunta?"

"Só me diga: onde ocorreu de se vencer a morte lutando contra a fome, a pobreza, contra qualquer coisa. A morte sempre vence."

“Meu *babbo* e o cônsul da China pensam assim também”, falou Steffano.

Carlo:

“Você é um revoltado, cara. Você é um revoltado egoísta, Omar.”

“Você não me entendeu. Lamento pela fome, pela desigualdade, por tudo. E mais até do que qualquer um. Mas revolta, mesmo, tenho pela morte. Se eu tivesse de me filiar a um partido ou comer hóstia em qualquer religião seria para lutar contra a morte.”

“Ah, é bom ter pelo que lutar, essa é minha opinião. Você está falando besteira de novo, Omar.”

“Talvez esteja, cabeça de navio. Só é como digo: a morte torna todas as revoluções e todas as causas infantis e impossíveis.”

“Você é um frustrado egoísta. Será a vida toda infeliz”, disse Melissa.

“Pronto. Agora só resta enchermos a cara. Porque você mencionou o nome dessa moça impossível.”

“Quê?”

“Essa tal. Essa tal felicidade.”

Steffano ficou de comprar fotos da passeata com seus amigos jornalistas e entregá-las ao consulado como suas. Lá, eles as analisam, fazem círculos nos rostos mais jovens, datam, carimbam e põem tudo no malote e despacham.

Esperamos o movimento diminuir e cada um tomou seu rumo.

Levei Violeta ao ponto de ônibus na Cidade Antiga. Os ônibus passavam lotados e a polícia montou uma operação na saída do centro e isso deixava tudo mais lento.

"Não dá para seguir nesse", eu disse. "Vamos esperar o próximo."

Eu tentaria pegar o meu depois, mas por fim peguei um táxi, estava alto de bebida, tinha trabalho no outro dia. Violeta também trabalharia na loja no dia seguinte, mas ela já se acostumara. Eu tentava fazer amigos e conquistar pessoas na universidade e precisava estar sempre pronto, a cara lavada, a disposição, a atenção: ser um dos deles.

"Quero ser como os ricos. Eles não precisam conhecer ninguém", Violeta me disse no ponto de ônibus. Ela decidiu pegar o 347 com destino à Provence, o bairro classe média, à época, pois a polícia mirava os baculejos nos ônibus rumo ao subúrbio. Era mais caro, mas cheiroso e com ar-condicionado. Por isso apelidavam a linha de "Céuzinho." De lá, ela poderia pegar o 643, para casa.

Violeta repetira a frase sobre os ricos outras vezes antes. Mas achei bom lhe apresentar um pouco da realidade daquela vez:

"Não é simples assim. É preciso ter um pouco de clarividência, apostar em quem estará bem na fita daqui a uns anos. A vida social é a letra A de tudo, o início o fim e o meio, o verdadeiro *Gita*, o livro de todas as respostas, querida."

"Bêbado."

"... entre os animais selvagens serei o leão..."

"O veado."

"... dos peixes serei o tubarão..."

"A piabinha..."

"A questão é estar sempre aceso, docinho. Não baixar a guarda. Seguir em frente", eu disse.

Seu rosto de foca se fechou. Algo adormecido a irritava:

"Você se perde nos detalhes, meu filho. Nem pode recriminar Carlo por isso que só você vê nele, a empáfia."

"Ah agora só eu acho isso dele?"

"Nem criticar Steffano por isso dos delírios de superioridade, ou inferioridade, dele, Omar. Essa ideia de colocar detalhes onde só existe a fumaça das coisas, não é também sinal de sua própria ideia de grandeza? Olha, às vezes é melhor a vista grossa. Aprendi assim em casa. O detalhe, as piruetas do ouro, das abotoaduras, do bidé dourado, é coisa dos ricos, rapaz. Um dia terei tempo de notar essas miudezas. Mas, agora, pelo amor de Deus... lá vem o Céuzinho."

"Deus está nos entalhes dos detalhes, na ação, você nunca ouviu falar disso?"

"O Diabo. Deus, não. Pra mim o contrário é mais a verdade."

O 347 chegou no mesmo momento em que não tínhamos mais assunto.

oOo

As pessoas já estavam todas. Entrei sozinho. Chovia e precisei da ajuda de alguns amigos para secar um pouco o terno. Melissa tomou o lenço do bolso de Steffano e aproveitou para enxugar meu rosto e dar um beijinho.

"Relaxe."

"Estou relaxado."

"Sim, sim", disse Steffano. "Estamos vendo e crendo."

Ainda não me familiarizara com a luz lá de dentro, havia pontos negros, azuis, vermelhos, verdes piscando sem trégua e eu imaginei poder pegá-los no ar. Depois os olhos se assentaram e pararam suas pirotecnias. E pude ler e ver melhor o convite ampliado no cavalete, ao lado do livro de presença:

Antonio Mariano da Silva
Carolina Souza e Silva

Horácio Benevides Lins *(i.m)*
Giane Penélope Lins e Moura *(i.m)*

CONVIDAM PARA A CERIMÔNIA RELIGIOSA
DE MATRIMÔNIO DOS SEUS FILHOS

Violeta & Omar

a realizar-se na Igreja do Santíssimo Coração,
às 16 horas do dia 21 de setembro

Horácio e Giane viveram todas suas vidas possíveis e agora eram nomes impressos onde a expressão *in memorian* chamava mais atenção que. Também sou alguém abreviado, *in memorian*, hoje. Senão sempre.

Os convidados liam a expressão entre parênteses e sentiam alguma misericórdia. Eu os via do altar e buscava a emoção correta para o momento, sob a luz amarela refletida nas madrepérolas das colunas da igreja e o aroma de ébanos molhados tomou tudo, como se entrasse no mercado de uma cidade egípcia voluptuosa. Os ventiladores de parede diziam nãos, teco para lá, teco para cá, e um deles soprava provocativamente no meu cocuruto molhado pela chuva. Ajeitei a gola e, para não me resfriar, imaginei meu corpo aquecido por âmbares. Para encontrar alguma calma me mantive girando os polegares, sob a luz incandescente da nave.

O padre não estava em sua posição de ataque também, mas dois ajudantes sustentavam as barras de sua batina para ele atravessar a escadaria sem tropeçar e na hora certa.

Não eram muitos convidados. Alguns colegas do departamento, velhos amigos sem muita importância, penetras ou religiosos que restavam da missa das três e, lá ao fundo esse casal feito da eletricidade e do gás dos relâmpagos e trovões lá de fora, distantes um do outro, duas visagens peregrinas: Horácio e Giane. Vê-los alterou meu humor e meu rosto perdeu a contração e esmoreceu. Parecia mais normal, agora, pensei. E sorri para as pessoas nas fileiras da frente enquanto o quarteto iniciava a tocata e Violeta avançava pelo átrio e todos se levantaram, enquanto ela entrava na igreja guardada pelo afável tratorista, seu pai.

Na semana passada, discutíamos:

"Vou entrar sozinha na igreja."

"Não, Violeta, você vai entrar com seu Mariano."

"Não, prefiro entrar sozinha, já disse. Pra todo canto tenho de andar escoltada por um macho?"

"Pois se resolva com outro macho, o padre. Ora, não faz sentido. Você tem um pai."

Violeta justificou-se, e nada tinha a ver com seu feminismo de revistinha:

"Ele não sabe andar."

"Como?"

"Meu pai não sabe andar com elegância. Anda como um trator. Fede a álcool e óleo diesel. Vai terminar denunciando ser o homem pobre da escavadeira. Vai ser um vexame."

Me recordava dessa conversa enquanto os via entrar molhados de chuva, eram fantoches destrambelhados, o pai mancava, Violeta tentava andar mais rápido, estavam fora do compasso dos violinos, mas fingimos não notar, era o casamento, há outros fingimentos a perceber na vida social.

Entrou o padre. É um jovem negro e, bem possível, estreante como nós. Não era muito mais velho que os ajudantes. Os acólitos, é assim que se chamam, largaram as barras da batina e foram procurar o que fazer na sacristia. Sei como funciona. Já fui um deles.

Vejo Violeta. Seu vestido seu colar seu colo nela tudo brilha. Ou serão meus bastonetes e cones?

O padre avançou os degraus, sinto seu paco rabanne uma nota a mais que o espírito santo. Melissa e Steffano sorriem, de padrinhos. Não frequentaram o curso preparatório, mas estavam lá. Carlo Peixe não o vejo.

"Venha, querida", mando mensagens telepáticas para Violeta. Daí a pouco falaremos em novas e eternas alianças em velhas arcas, em promessas dos bons e maus tempos na vida etc., etc.

"Entre, meu bem", exercito mais transmissões de pensamento.

Em algum momento, me pareceu de Violeta querer adiantar a marcha e correr para meus braços. Noutro instante, parecia travar, qualquer hesitação agir no seu passo e a perna congelar. Mas diferente do que ocorria na rua e na cidade, a calmaria venceu a tempestade e seu rosto formava uma nuvem. A partir de então voltou a tarde ensolarada por muitos sóis e seus passos entraram no ritmo de *"I Want to Hold Your Hand."* Ou teria sido *"Have You Ever Seen The Rain?"*?

"Aceito."

"Na alegria e na tristeza?"

"Aceito. *Yeah.*"

Na tristeza e na alegria?"

"'Til forever, on it goes."

"Through the circle, fast and slow."

"I know."

"Na riqueza ou na pobreza?"

"I wanna know."

"Nobody can stop now, I wonder."

"Have you ever seen the rain comin' down on a sunny day?"

"Yeah!"

Tanto tempo. Estamos aqui dentro e sinto ainda gotas verdamarelasazuis caírem sobre nós. Um tempo todo *in memoriam.*

Pisco e num flash vejo o bufê, o caixão, as inscrições falsas.

No outro flash, a vida passou.

Nosso casamento nunca foi um relacionamento que mirasse na fecundidade. Mas logo chegou Martin e a infância de Martin.

Junto de mim, Martin se sentia deslocado. Precisava da mãe o tempo todo por perto para baixar a guarda um pouco. Os olhos dilatados davam aspecto de santo em repouso quando ouvia a voz de Violeta por perto. Sem isso, me tratava como a um estranho. Eu me sentia um pai-geladeira, refrigerador que nunca degela, alguém pouco amoroso. Algumas doenças dos filhos aparecem para nos imputar culpas. Não caio nessa.

E Martin era doente? Todos somos, pouco e muito. Amo esse filho como a ninguém mais no mundo. Nem Deus ao Seu. Pode me fulminar. Desde cedo, essa imagem de Martin o define melhor para mim: não a de uma casa, mas a de um castelo vazio. Um imenso castelo firme, firmíssimo, um castelo sem moradores e cheio de alheamentos.

Era como se intuísse de em algum lugar escondido no coração de Violeta e no meu se mover o desejo de que ele jamais existisse.

Se engana quem ache de o professor universitário ganhar maletas de dinheiro de salário para cobrir todas as compensações. Digo isso porque Violeta quis Martin dentro dos uniformes mais caros, incluindo insígnias no bolso e bonezinho, onde todos, inclusive professores, pareciam o Pato Donald.

Martin tinha 6 anos quando recebi o telefonema da escola. Do nada, disse o professor, meu menino caíra num choro desesperado. O professor teve de bater várias vezes com a régua nas palmas das suas pequenas mãos para ele parar e a vida na escola seguir.

Enfim o encontrei escoltado por dois bedéis, ele correu e me abraçou. Não me recordo de outra situação de grandes afetos entre nós. Meu Deus, deve estar mesmo desesperado", pensei. "Ele me abraçou", falei mais tarde para Violeta.

A tarde estava perdida, então tive a ideia de levar Martin pela primeira vez ao cinema. Talvez conduzido pelas disneylândias da educação, fomos à sessão vesperal de "Fantasia", da Disney. O filme já era uma velharia. Meu pai falava dele com ênfase, mas na sua juventude o ingresso não era barato e não sei se assistiu ao filme. Mas agora estávamos ali, eu e meu menino.

Entramos no carro e Martin ainda tomava fôlego e soluçava soluços de estalo. Seis anos é uma idade complicada para sessões de cinema. Quis mantê-lo no meu colo, mas ele esperneava. Na poltrona ao lado, não conseguia ver pois o pai da garota da frente era uma muralha gorda. O lanterninha me mostrou a sofisticação dos almofadões e me entregou dois deles como boias e instalei-os na cadeira ao lado e Martin se aquietou e assistiu a tudo com lágrimas nos olhos. Suas lágrimas eram aquelas que Disney lhe deu, impulsionadas pela vareta de Mickey Mouse ou por cometas, fogos de artifício, pela força de demônios e santos e feiticeiros.

Estava e deve estar até hoje em vigor a lei do departamento de propaganda que proibia falar ou escrever mal sobre os americanos, e mesmo assim eu ensinava a meus alunos na universidade de alimentarem algum senso crítico.

"Temos muito a lhes ensinar. E vocês mais a aprender conosco", dizia o senhor reitor estadunidense.

Horácio podia até confiar tanto nos pais da democracia, Roosevelt, Truman, mas amava o pai do Mickey. Outra vez me lembro de ele pregar na hora do santo almoço, falando de sua ideia ou algo lido nos jornais:

"Disney é a suprema compensação do nosso atual momento de horrores. Há a guerra, sim. Há o bombardeio cego dos aviões. Há o infame estraçalhamento de crianças. Há o inferno: a ciência a serviço do mal. Mas a humanidade salva-se produzindo nesta hora trágica a altíssima compensação dum Disney, o Grande Criador."

Martin-meu-menino não tinha parte com nada disso das minhas memórias. Ainda bem. Olhava mais para ele e menos para o verão e o inverno e o outono e a primavera se alterando na tela do cinema.

Creio ter visto em algum momento o futuro, e agora entendo o flash daquela hora ter mostrado um homem velho levando o urinol até a bacia do banheiro.

Enfim, o filme era a música de Tchaikovsky e Beethoven e Schubert, as cores ou a velocidade ou a falta de um enredo, a ideia de uma vida feita por colagens, um mundo sem diálogos, e talvez isso tenha contribuído para o final desses episódios entre Martin e eu.

E então aconteceu.

Martin parou de falar depois desse dia. Não houve médico a dar jeito. Violeta me entregou um filho falante para levar à escola e eu devolvi para ela o filho mudo. Sem fantasias.

"Você deveria ter trazido meu filho direto da escola para mim naquele dia. Eu teria resolvido. Ele não estaria assim se não fosse você", dizia Violeta abraçada ao menino, ele e ela a me olhar como para um lobo-mau.

Quando ele chorava, eu me escondia no quarto, ia para longe.

Assim, se não Martin, mas eu e Violeta desenvolvemos disneyfobia ou pânico do Mickey.

"Atenção. Desligue a TV, Omar. Li a programação dos canais no jornal. Eles vão exibir filmes com o monstro."

"Sim, querida, farei isso já."

"Cuidado. Não compre esse refrigerante. No fundo da tampa inventaram de imprimir figuras com o monstro e seus amigos."

"Sim, querida, não farei isso."

"Importante: vamos cancelar a ida ao aniversário do filho de fulano. Tive a intuição de terem usado o mundo do monstro como decoração da festa."

"Sim, querida, não vamos."

SEGUNDA PARTE

Um homem tem direito de viver quantas vidas quiser nesta vida. Ou estou enganado? Eu mesmo nunca precisei morrer e viver e morrer e renascer para viver tantas vezes e revezes quantas fossem necessárias para me dar por satisfeito. Essa é minha religião, ora.

E isso tem a ver com Solange: um mundo todo feito por vibrações e eletricidade.

Esta é parte da minha outra vida ou leio outro folhetim do mesmo pesadelo.

Depois de me separar de Violeta, passei 10 anos de beija-flor, aproveitando as bolsas dos programas da universidade para viver a vida entre outras flores, outros vasos, outras coxas, outros volumes, outras miragens, outros lençóis frívolos.

Foram e voltaram muitas companheiras e nenhuma companhia. Eu era o lobo do lobo de mim mesmo, se isso não soar péssimo para falar da solidão.

Abro a janela para contemplar a lua.

"Já se passaram 10 anos?", eu pensava, naquela época. Hoje, faz décadas.

É uma noite gelada lá fora e o vento entra pelo quarto e as cortinas engolem meu rosto. Entra o zigue-zague e é atingido pela parede do quarto e está se debatendo sobre a cama.

Fecho a janela e quase esqueço o dedo entre as folhas de metal.

Agora o tempo se multiplicou mais em tudo. O vapor invisível do tempo.

Não incomodo o inseto e o deixo viver sua morte. Estou deitado e leio o livro, agora, e penso nessas coisas. Fecho os olhos e tento me lembrar da última frase. Ela não vem. Nada vem. Não vem ninguém. A vida não é feita desses saltos e assaltos. Mas também é esses saltos verticais e à distância. Seus saltos triplos, infância, juventude, velhice. A vida é um salto mortal. E chega de atletismos.

De salto em salto, surge a brilhante figura de Solange.

Foi assim que nos conhecemos:

"Olá, me chamo Solange Monday."

"Monday, como segunda-feira, em inglês?"

"Sim."

"Seus pais batizaram você assim?"

"De Solange, sim. Mas de Monday eu mesma me batizei."

"E você pode me dizer porquê?"

"Você já leu *A terceira visão*?"

"Não."

"Os monges do Tibet incorporam ao nome o dia da semana em que nasceram."

"Sou professor de história antiga..."

"Eu sei, professor", ela interrompeu.

"... mas nunca ouvi falar disso."

"Você já leu *A vela número 13*?"

"Não. Quem lhe disse isso dos monges?"

"Lobsang Rampa."

"Quem?"

"Rampa. Ele escreveu *Entre os monges do Tibet*."

"Nunca ouvi falar."

"Nossa, para um professor você está bem desatualizadozinho."

Eu ia dizer a ela do quanto menos me interessava, como professor, isso das atualidades. Mas esperei Solange Segunda-Feira tomar fôlego. Ela reacendeu em mim a força elétrica e espiritual mais antigas a atuarem sobre o homem: a ereção.

Não entendia, mas aquela garota inquieta resolvera se ligar a mim e isso me comovia de verdade. Seus ímpetos diminuíam quando conversávamos e aqueles momentos eram como horas de treinamento, de voo, para mim e para ela. Seu amor atencioso me tornava um homem feliz. Como não?

Solange lia Hermann Hesse e afundava nas nuvens. Lia Castañeda e saía do corpo. Lia Updike e detestava a ideia da monogamia ou de um deus só. Huberto Rohden, não: "não dá pra ninguém viajar naquela maionese cósmica dele", me dizia.

Certa vez chorou ao descobrir de esse Rampa ser uma tosca invenção dos editores, um escritor anônimo com imaginação razoável morando em qualquer subúrbio, sem grana, descrevendo palácios de cristal ao mesmo tempo em que comia ovo frito com pão em lanchonetes sem metafísica nem elevação espiritual alguma. Mas e agora o que fazer com todas aquelas velas do Tibet, aquelas terceiras visões, aquelas viagens astrais presa na Terra pelo umbigo por um finíssimo cordão azul, de luz? Leu Gibran a ponto de baixar no hospital de tanta melancolia. Quem mais?

Leu Voltaire, mas não entendia nada de sarcasmos. Tinha metade da minha idade, ela era estudante da faculdade de Física.

Era uma antena.

"Você sabe da nave-mãe suspensa sobre o rio Amazonas, não sabe?"

"Não."

"Alienígenas. Terrorismo extraterrestre a favor do Elefante do governo, queridinho. Ou você também não sabe de rapazes e moças comunistas abduzidos?"

"Não é a guerrilha?"

"Faz parte. Centenas. Milhares. Desaparecidos. Vou terminar a faculdade e me mandar para essa pesquisa."

Estava interessada nos Ufos tanto quanto nas massagens tântricas.

Também havia lido todos os escritores de putaria: Nabokov, Miller, Ginsberg, Carraro, mas eles não a impressionavam, me disse.

Ela me pescou e não eu a ela. Se pedisse para me barbear dez vezes seguidas no mesmo dia eu faria isso para me deitar com ela. Vivíamos bêbados na cama. Eu vestiria suas roupas e ela a minha.

"Qual é seu sonho, princesinha?", perguntei para constatar logo o quanto Solange era como eu: amava a vida longa.

"Me casar com três reis pela manhã e ficar viúva de todos à tarde. E transar com você à noite."

Para ela, faltava, contudo, isso que os pobres chamam de ser "viajado."

Tínhamos feito planos de viajar e resolvi cumprir a promessa. Na primeira manhã que acordamos no quarto de um hotel, em viagem, Solange estava escovando os dentes e me lembro de ter despertado como um rei: saciado e ainda faminto.

"Quem é Peixe?", ela perguntou, de lá.

"Quem?"

"Peixe, Peixe... você falava dormindo e só falava nesse tal de Peixe."

"Um amigo. Eu não falo dormindo."

"Um amigo em um pesadelo? Você falou, sim. E parecia apavorado. Ou como eu ia adivinhar, meu amor?"

"Ah, é um velho amigo. É que ontem, no aeroporto, me lembrei dele, de Carlo Peixe. Talvez por conta da viagem."

Era verdade. Foi uma recordação tão doce da juventude e tão amarga, hoje.

Deixa ver se lembro direito como comecei a contar para Solange:

"A gente tinha uns 18 anos, e Carlo Peixe me perguntou:

'Cara, por que a gente não dá o pé?' Olhei para ele. Ele falava a sério. 'É, falo sério. Por que a gente não se manda, não vai embora desse lugar, isso aqui virou um lugar perigoso, Omar.'

'Todo lugar é perigoso, Peixe. Além do mais, para onde?'

'Embora. Escolha.'

'E viver como, cabeça-de-arrombar-navio?'

'A gente podia ir para Valadares e, de lá, para os Estados Unidos.'

'Pra Guatemala, talvez.'

'Não. Menos para lá.'

'E sua mãe, cara?'

'Ela está velha, mas sustenta o barco. Ela me aconselhou a ir embora, até.'

'Não tenho vontade, na verdade...'

'Você está com medo', ele me interrompeu. 'Você sempre tem medo?'

'Não é isso. Você não me entende.'

"E era?" me perguntou Solange. Fiquei calado, fumando o universo.

E me lembro de Solange ter comentado:

"Cara, nossas conversas sempre me deixam doida. Há sempre um passado novo, gente nova, mas antiga. Sua vida é sempre uma viagem. Você se sente hoje vivendo dentro de outra vida, não?"

"Não. A vida é sempre a mesma, você vai ver. Importa com quem se viaja."

E lhe dei um beijo e desci para o jantar no salão.

Num outro dia, em um hotel, creio em Lisboa ou Madri, enquanto se vestia, me perguntou:

"Você já pensou como a vida seria diferente se você tivesse ido embora com aquele seu amigo?"

Fiquei calado. Respondi só para mim mesmo:

"Todos os dias. O tempo todo."

Fizemos várias viagens, eu e Solange Monday, não me lembro de todas, mas não me esqueço daquela vez, quando lhe presenteei uma bem especial ao Tibet.

Nosso guia era um lama chamado Sidharta. Era como conhecer a Galileia guiado por Jesus.

Fez um dia todo branco e sem fim, mas o cair a tarde foi desproporcionalmente rápido, mesmo ocorrendo às sete na noite. O Himalaia tem os cumes vermelhos, terrosos, quando o sol brilha na lonjura dos picos. Havíamos saído do Hotel Beijing, em Lassa, antes de montarem as mesas do café da manhã. Comemos mal em uma tenda na estrada, contudo não me reclamei. Era do pacote a alimentação, o guia, o transporte. Tudo se paga antes, é a lei do turismo. Diferente das leis astrais. Do Karma. Solange Monday não gostou da comparação.

"Se vai ironizar tudo o tempo todo, por que não fica no hotel?"

Solange estava vestida em um manto avermelhado e quando dobrava as mangas o avesso da lona era verde e isso me fazia lembrar dos contrastes das melancias.

Minha lembrança avança mais: longe, a uns quinze ou vinte quilômetros, à contraluz, brilhavam luzes como milhares de velas acesas e a incandescência escapava dos muitos janelões.

"Que lugar é aquele?", perguntei a Sidharta, um homem da minha idade, dos cabelos lisos e a pele cujos poros pareciam os furos de uma peneira.

"O Sagrado Palácio de Potala, ora".

Solange me lembrou de termos passado pelo lugar, no dia anterior, e mostrou o quanto eu estava desatento e o quanto isso era desrespeitoso.

"Não é isso, menina. Não gosto de andar sem a mínima orientação."

Se a cidade era para o outro lado, estávamos viajando ao Sul há bastante tempo. O guia queria chegar, ao que pude entender, na Montanha de Ferro. Chineses, tibetanos, indígenas, não importa: esses nomes sempre me soam fraudulentos.

Eu tentava demonstrar meus conhecimentos de professor de História ao guia para não parecer o que mais detesto: turista. Mas falar e falar e não rezar e rezar nem meditar e meditar deixava claro o quanto eu era o mais turista de todos os turistas sagrados do sagrado Himalaia.

Sem contar com o guia e o motorista, éramos sete perdidos. Eu, Solange, o casal italiano e três rapazes, uns palermas do começo ao fim da viagem. Eram duas land rovers "iguais a do

Dalai Lama", dizia o motorista, um negro do Senegal, de dois metros de altura, que falava inglês e espanhol melhor que o lama Sidharta. Os carros haviam ficado no vale lá embaixo com o outro motorista. O casal da expedição já não suportava mais andar e já havia gastado todo seu repertório de mantras. Não está nas fotos nem nos postais: há a camada rasa e alva da neve. Abaixo dela devem estar mortos todos os bichos do mundo porque quando se levanta o pé para caminhar se pode sentir o cheiro de peixe podre. É razoável. Ali embaixo existe o oceano, e abaixo dele, uma cidade toda de ouro onde mora a felicidade. Mas, antes, o peixe podre.

Escureceu rapidamente, porém a neve refletia o facho de luz açafrão entre dois cumes. Sidharta disse algo e atendeu aos apelos do casal. Ficava difícil respirar na altitude e o coração bate até quase parar. Se alguém busca uma experiência de morte, compre um bilhete ainda hoje. Estávamos sem ar e sem forças. Sidharta era um homem resistente, seus antepassados não eram os nossos. Era um tiozão musculoso, sem excessos; os músculos longos todos estavam conectados como fossem um só, dava para ver agora, agachado, as batatas da perna de ciclista saltando dos rasgos do traje. Ele retirou da bolsa uma pequena trombeta e tocou o instrumento deliciosamente e o som ecoou soberano pela planície. Nós não conseguíamos soprar uma vela. Comovente.

Comemos algo com pasta de algo e gosto de alga.

Pude admirar o cenário. A temperatura era um problema, porém começava a noite quente. Quem eu gostaria de que estivesse aqui comigo? pensei. Meu filho Martin. Seria impossível ele e Solange na mesma vibração. Violeta. Não me desagradava pensar em Violeta, meu peito doía e se alegrava quando pensava nela. Seria justo ela tocar essa neve real, esses aromas de frigorífico, ela merecia o verdadeiro Nirvana. Ai-ai, poder oferecer a ela mais que o sonho de baixa extração no templo da rua Almerim. Violeta teria aprendido bem a vida virtuosa. Mas era diferente de Carlo Peixe que um dia nos disse o quanto podia aprender com os ratos. Ele observava os animais porque estava no campo de suas possibilidades viver nas ruas, com cada vez menos, sem manter a higiene, pedindo esmolas até.

"Aprendo o suficiente com os cães. Deixem os poetas olharem para as criancinhas mudas. Olhem os cães. Eles têm sua própria filosofia."

Violeta não suportaria: precisava das galerias, das boutiques, dos drinques de verão.

As coisas são como são, querida, penso antes de voltar a meter os pés no oceano engolido pela neve.

As imagens de Solange e Violeta se misturam como cores de uma aurora austral. Nada é perfeito e tudo o é no tudo que há. Terei me transformado em um místico? Rio. O motorista me olha e acena para mim. Para ele, devo ter atingido algum clímax. A sensação é de estar drogado.

Eu e Violeta vivemos a vida sob esse amor sentimental cercado de doenças ou ele mesmo o amor diagnosticável como uma. Ao fim, nos restaram essas doenças, as nossas, do mundo. A biologia é o destino do qual não pudemos escapar. Solange Monday de todos os dias da alegria e do vitalismo apontava para o nascer do sol e não para o arrebol. Embora ambígua como os crepúsculos e as mulheres, sentava-se nua no meu colo ao modo da criança e ao mesmo tempo da fêmea quando quer outros pocotós. Essas suas investidas me faziam querer as duas versões. Olhava para ela agora.

Entre aquela cadeia de montes o vento não soprava. Abracei Solange e meu abraço a fez chorar de alegria enquanto tremelicava. Quis dizer para ela: "Tem razão, é tudo divino e maravilhoso", mas minha intuição gritava para eu ficar calado. No mais, eram sombras a se moverem na penumbra quando voltamos a andar. Cruzamos com peregrinos vindos da Índia, homens e mulheres rudes e morosos como santos, rudes como seus iaques muito altos, mesmo quando afundados na neve, mas pude ver a pistola à cintura do mais velho dos homens e o walkman amarelo nas mãos de outro.

"Los Buddhists tienden a ser violent around here", disse o motorista, em espanenglish.

Então caminhamos sob esse veludo azulado de luar e Sidharta apontou lá embaixo, à direita, a lua do Tibet explodir em glória chamejante, nas águas do rio Feliz, e acompanhá-lo em direção ao mar.

Um meteoro faiscou no céu antes de cruzar os cumes e cair formando um fumo dourado a uns trezentos metros de nós.

"Vamos até lá", disse o italiano.

"Fique onde está, senhor. Não saia da rota. Não temos o direito, a lei proíbe."

Fiquei imaginando que país evoluído era aquele cuja legislação incluía restrições a acesso à queda de pedaços do céu. De todo modo, nunca tive interesse pela astronomia nem pelas leis. Meu pé direito estava dormente enquanto o esquerdo doía bastante, eu o usava como alavanca para me livrar da neve fedida, mas já ficava difícil andar. Solange era resultado da energia do pó das estrelas. Brilhava de tanto vigor. Tentava ajudar ao grupo, carregava a mochila de alguém além da sua própria e, nem mesmo se o céu inteiro caísse sobre sua cabeça, ela sairia do seu transe de peregrina-monja.

Sidharta veio até o fim da fila e conversou com Ramir, o motorista. Depois voltou para seu lugar à frente e informou a mudança de planos. Nada de montanhas de ferro. Em dois quilômetros mais, que pareceram seis, chegaríamos a uma honrada lameseria péssima para tudo. Dormimos ali, alguns sonhando com seres azulados, outros, como eu, com café da manhã em um hotel iluminado, quente e seguro, vendo fotografias em jornais tibetanos.

Então, de manhã, logo cedo, a lameseria foi invadida por quatro homens saídos das sombras de paredes arruinadas. Os caras levaram todo nosso dinheiro das doleiras, além de relógios, anéis, algumas pérolas da italiana chamada Geusa, um estalo me faz recordar seu nome só agora. Tentei reagir e o mais violento deles me acertou um soco nas costelas. Devia estar usando essas soqueiras de gangsters. Depois deu um tapa no rosto de senhora italiana. Ela foi forçada a girar duas vezes no ar para o impacto não desparafusar sua cabeça do fino pescoço. O que o marido poderia fazer? Nada. Os três palermas pacifistas palermavam. Imóveis. O ladrão implicou comigo e me deu outro murro. Eu baixei o queixo quando o vi mirar e o golpe me atingiu entre o maxilar e o peito e fiquei tonto, sem ar, e caí.

"Fiquem quietos, fiquem quietos", pediu Sidharta. "Eles logo vão embora."

"Mas não reagi. Esse filho da puta."

"Não diga nada, mister Omar. Miss Monday, peça para ele se calar."

Ficamos todos de cócoras no canto da sala e dois deles tiraram o pau para fora e urinaram nas cabeças das nossas mulheres.

Foi terrível.

Me lembro de ficarmos horas encolhidos na lameseria. Depois Sidharta informou que voltaríamos aos carros por rota alternativa, um vale ermo e sem graça. A estrada tinha um forte aroma de folhas secas que grudavam nos nossos calçados. O sol aparecera com uma benção e, embora humilhados e ofendidos, caminhávamos com determinação. De vez em quando, eu parava para olhar a paisagem. Toras de madeira desciam pelo rio Feliz, agora à nossa esquerda, e senti um gosto de sal na boca, e imaginei as águas do rio lá embaixo serem salgadas já antes de alcançarem o mar.

Ao chegarmos aos carros, o outro motorista contou de os bandidos terem passado por lá e levado máquinas fotográficas e mochilas e sua barraca. Não levaram passaportes. Juntaram os documentos numa pilha e mijaram sobre eles.

"Se levam os documentos, os turistas se obrigam a prestar queixa à polícia de Lassa, que sem passaporte não partem. Quando não os levam, poucos querem se meter com a papelada. Querem ir logo embora", disse o motorista.

Nessa hora, a coitada de Solange caiu no choro.

"É minha culpa, Omar. Não devia ter convencido você a vir."

Era verdade. Mas fiquei em silêncio.

O motorista tentou ajudar, em língua caridosa e híbrida:

"Cálmese, Solangita. Mejor *mijada* que muerta."

Nessa hora, descobri de onde vinha o gosto de sal.

A consolação entrou enviesada. Foi pior. A italiana agora chorava por Solange e o marido da italiana chorava por conta da mulher e Solange chorava ainda mais.

Em mais três horas e meia sem escalas, chegamos ao aeroporto.

Em casa, de volta, eu e Solange Monday pensamos e repensamos. Nunca soubemos com certeza se Sidharta esteve ou não envolvido com os ladrões. Essa dúvida era suficiente para comprovar nossa péssima evolução espiritual, a alma de involutivos zigue-zagues.

oOo

A vida de alguns insetos pode se resumir a 24 horas. Não buscam vida extensa, mas intensa. Vivem, se reproduzem e morrem em um dia. Alguns deles sequer chegam a se alimentar durante. Vem o sapo e os engole. Contudo, ao contrário de nós, o senhor zigue-zague não leva nada para o lado pessoal. A senhora borboleta é madame efêmera demais para se preocupar com a beleza. Eternos por um dia inteiro. Sem angústias. Eles não têm medo de nada.

Nesses milhares de cochilos, o livro caiu ou o sonho despencou em abismos. Sonhei com as asas do zigue-zague se debaterem em torno da minha perna e ele agora era o homem e eu o inseto. Acordei. O pobre estava morto. Chutei-o com um espasmo da minha pata.

Exames. Exames. Enxames. Durmo como as abelhas, de olhos abertos. Durmo como as orcas. Ou os golfinhos. Nara me forçou a dormir na clínica ligado a cabos como fosse a bateria de um automóvel. Para quê? Para nada. Dormi no hospital porque sou um andorinhão velho, que dorme só parte da alma, enquanto a outra pipila.

"O leão marinho. O sono dele é como desses animais", ele disse para Nara. Por que não olha para mim, esse peixe-gordo?

Intuiu minha pergunta e me olhou:

"É preciso estar muito assustado ou com muito medo da morte para dormir um olho aberto outro fechado, senhor Omar."

O especialista tem PhD em falar bobagem. Contemplo a tira de papel e o gráfico e me lembro das montanhas-de-ferro, dos himalaias, dos tobogãs, das montanhas-russas, dos beija-flores, dos zigue-zagues, dos não-me-toques, de muitos acontecimentos com hífens, mas não deve tratar-se de mim.

"Isto não é um comentário médico", penso, "é mais um comício." Assim como não falo, ouço pouco aquela voz e toda voz tem um retardo de minutos ou de décadas. Desenvolvi uma audição para o pretérito dos acontecimentos e verdadeiro horror às fiscalizações. Agora essa, meu sono.

Tento pegar uma caneta sobre a mesa do sonologista para exigir, por escrito, algum tipo de sursis, para me deixarem em paz, um pouco, talvez dormir, sonhar. Desisto logo. Constato que vejo menos o papel, há o mundo por detrás do vidro suarento. Vejo a silhueta dos macaquinhos sobre sua mesa. Se não falam, não ouvem, não veem, sou o quarto animal, o macaquinho fantasiado de homem, que guarda a consciência e a memória dos três em um só.

Por que as recordações sempre vêm?

Ah, me lembrei de Solange e seus tratados da brevidade:

Solange:

"Omar, para mim você será uma luz a vida inteira, meu amor. Nunca me esquecerei. Você fez por mim mais do que qualquer pai faria por uma filha. Você me deu um lugar no mundo."

"E então?"

"A questão é amar ao mesmo tempo um pai e um homem. E, pior: só amo você e detesto os outros."

Ah, os discursos e declarações de amor. Não é preciso ser um sábio: sempre vimos onde isso vai dar. O amor é mais silencioso, ou deveria ser.

Mesmo excessivo, sempre o amor perde e o mundo sempre. Antes daquele mundo vencer, os sinais estavam claros e eu não via. Ela acreditava no papo das feministas de todo homem velho ser um vampiro, ladrão da juventude de mulheres jovens de rostinho brilhante, cravejado de espinhas.

O mundo do outro sempre vence. Por que digo isso? Estou me lembrando de certa noite, em casa, eu e Solange, deitados. Ela acendeu o fósforo e me pediu para olhar a chama.

"Veja isso, amoreco."

Olhei para a chama e a soprei.

"Bobão." Me empurrou. E continuou:

"O que aconteceu aqui, Omar?"

Fiquei em silêncio. Tinha sido um dia de mil horas.

Víamos a fumacinha resistir e dava para sentir o cheiro do combustível ainda agindo na cabeça do palito.

"A chama emitiu centenas de milhares de partículas..."

"Solanginha, por favor, sem esse papo de religião. Está tarde."

"Não é religião, é ciência."

"Pseudociência, sei lá."

Continuou:

"Escute. Entenda. Essas milhares de centenas de partículas cada uma, o que eram?"

"Sei lá. A estudante de Física aqui é você."

"Cada uma era um universo separado, otário."

"Era?"

"Cada um deles viveu em vibração única."

"Entendo", falei.

"E quando você soprou a chama esses universos todos morreram."

Solange estava deitada e suas coxas eram o universo mais imanente para mim.

"Sei, lamento. Venha cá", ronronei.

"Pare, homem. Entenda. Essas particulazinhas, esses microscópicos universos... eu ou você podemos afirmar de não serem outros mundos? Talvez houvesse vidas neles. Elas acabaram de desaparecer também."

Preferi ficar calado, de novo.

"Na cabeça desses viventes, quanto tempo demorou aquela chama? Um segundo? Um bilhão de anos? Me pergunto. Você não?"

"Eu, não", respondi.

Eu ia permanecer calado. Responder era um estímulo. As especulações de Solange me animavam.

Ela me olhou com carinho. Solanginha saiu desse transe de Carl Sagan e puxou minha cueca para baixo e chupou meu fósforo aceso com tesão.

Depois, limpou meu pau com a língua, recobriu-o e o apertou deliciosamente contra a cueca e, mais em seus pensamentos, disse:

"A criação é uma dissolução, Omar."

"Uma dissolução?"

"Sim, um tipo de rompimento. É isso a criação."

Eu pensava nos dois mundos diferentes, o meu e o dela.

Depois de dizer algo sobre o dia de amanhã, ficou de pé e desapareceu. Atendeu o telefone celular e se autoabduziu.

oOo

Tenho saudades de colocar um disco para tocar e simplesmente deixar tudo correr, mas preciso me concentrar para me lembrar da vida, como sonhos dentro de um flash. Ou simplesmente cantar, como fazíamos eu e Violeta com a música daquele cantor da solidão,

Castilho Hernandez, em dueto com tristíssima Pipila Mallani:

Violeta começava:

Eu andei a noite e o dia a madrugada/
Em busca de alguém para a vida toda, sabe?

Eu entrava:

Oh oh oh como eu sei

Violeta:

E vi você vendo a vida passar turbilhão/
Então lhe ofereci um drinque de verão

Eu, no refrão:

Não brinque, eu vou ohh-oh-oh/
por um drinque eu vou

Ainda eu:

Eu andei a noite e o dia a madrugada/
Em busca da felicidade pra vida toda, sabe?

Ela:

Oh oh oh isso não existe como eu sei

Eu:

E vi você vendo a vida passar furacão/
Então lhe ofereci um drinque de verão

E Violeta, no final:

Não brinque, eu vou/
Ohh-oh-oh por um drinque de verão eu vou/
Mas não poderei beber com você/
Depois que a felicidade/
a taça quebrou oh-ohh-oh-oh

"Só a música pode salvar a lavoura", eu disse, mas estava bêbado naquela noite, eu e Violeta.

"Qual música é capaz de tocar seu coração, querida?"

"Como assim, *tocar* meu coração?", ela respondeu.

"Tocar seu coração como uma bala, alterar o resto de sua noite?"

"Ah, Omar, diga você primeiro. Não sei."

"Deixa ver: 'Bang bang'."

"Ah, você já me colocou para ouvir isso, cara. É uma música triste."

"Não importa. E você? Agora é sua vez."

"Deixa eu ver:" Ela pensou rápido enquanto tomava seu vermute. "'Tlin-tlin'."

"'Tlin-tlin'?" Sorri. "Essa eu não conheço."

"É a música do dinheiro, ah como adoro."

Ela deu uma risada.

Sobre isso do dinheiro, da bolsa e da vida uma vez perguntei o que ela escolheria:

"É injusto. Eu quero a bolsa e a vida. Por que logo quando é minha vez, preciso escolher?"

Ri. Ela ria, de triste.

De todo modo, era um tempo em que Violeta sorria.

Nós dois sonhávamos. Ou ela buscava seu sonho dentro do meu.

Uma vez Solange me perguntou:

"Seu cérebro anda de pau mole até pra sonhar, querido?".

Imagino se me visse agora. Agora os sonhos me salvam. Me animo de serem oferecidos ainda de graça. As recordações são diferentes, elas emitem nota fiscal e pedem recibos.

Não havia a vida-filme. A vida-incrível.

Violeta se tornara a pessoa que sempre fora, e parte do casal insignificante do prédio do meio da ruazinha bucólica da cidade e mais ninguém.

Vivia o mundo da desilusão. Seu equívoco era o de antes: acreditou de a elevação espiritual poder colocá-la num mundo higiênico e limpo, onde o bem se materializaria em jantares com música, e viagens ao exterior serem extensões de suas viagens interiores e vice-versa. Não é assim?

Chorava em casa por conta de seu espírito não alcançar muitas milhas. Uma alma finita.

Minha inépcia a incomodava, o fato de não poder salvá-la?

De algum modo, confesso, concordo, estava implícito de eu ser esse salva-vidas a protegê-la da chuva naquele dia do casamento e nos doze anos depois. Em vez de ter me demorado horas falando de mim e de meus pensamentos de jovem, pudesse ter simplesmente trepado com ela naquele dia, lhe entregue uma rosa e pudesse tê-la salvo. De mim. Devo ter alimentado fantasmas de uma vida a dois, de algum jeito devo ter mentido irremediavelmente para ela. E o pagamento sempre chega.

No final, a queixa de Violeta e de todas as flores depois dela, inclusive Solange Monday, era a mesma: minha alma de jabuti.

Posso me lembrar de cada palavra, delas, uma só criatura:

"Abandono emocional, isto me fizeste. Talvez sem intenção, mas me faz sentir desimportante. Há anos você me faz sentir assim, disso me ressinto. Você não participa da minha vida nem me deixa participar da sua. Isso não tira o amor, carinho e admiração que lhe tenho, mas me ressinto."

Embora muita gente me diga isso: de não deixar participarem de minha vida, é simples: não vejo importância alguma em ser minha vida assunto para nada. Sempre prefiro a alegria. Em vão? Antes é como hoje: tudo o de mais vigoroso e importante já me ocorreu. O resto é essa repetição como um eco, sem nenhuma metafísica. Agora, nesses 60 anos que parecem o dobro. A dobra.

Mas já lhe disse antes, digo agora, Violeta:

"Lamento não estar nas expectativas. Ou não lamento, simplesmente constato que nunca pude."

"Falo de proximidade. Amparo. Aconchego", disse Violetolange. E o resto me atingiu: "A única expectativa que tenho de você é que liberte meu Omar verdadeiro, o quero de volta. Devolva-lhe o prazer de ter amigos, de trocar confidências, de rir um do outro, de chorar ao ombro, de se aninhar no colo."

"Não me sinto o vilão de mim mesmo" respondo, "o alienígena que roubou a melhor parte de mim e se colocou aqui no meu lugar", digo em voz alta sozinho ou para dentro desta leitura ou para o pianista enfadonho e seu cão e seu caos e sua vida de brinquedo.

"Pois você se tornou essa fábrica de bem-estar pessoal e segurança."

Ah, calem-se. Como vocês falam. Deixem-me em paz.

Me levanto, vou à sala e procuro o jabuti.

Dava, portanto, a Solange tudo quanto não dei a Violeta. Melhor: dava para Solange tudo quanto não dei a Violeta? As mulheres jovens têm isso da alegria. São todas melissas. Como poderia amá-la por conta de ela ter tomado partido pela liberdade e pela alegria, e pela solidão? Por ter desistido cedo de ser quem é, de não esperar salvamentos? Onde cabem mais interrogações neste quarto? As interrogações são mais afirmativas. Tornam tudo mais dramático. Me tornei alguém dramático nesses fins de tudo, Violeta. Outra interrogação? Também não sei, Solange. O drama pede alguma metafísica. E sofrer pede um tipo de maquinação à qual não estou disposto a fazer girar.

"Por qual razão vocês tanto se castigam?"

"De quem você está falando, jabuti velho?"

"Você sabe. Conheço vocês todos. Sempre estive aqui, você sabe."

“Não castigo ninguém: eu não sou Deus, ora.”

“Entre nós, os quelônios, há um lema: “A vingança é como nós: tem pernas curtas.”

Olhei para suas patas de elefante. Seu casco alto. O pescoço se encolheu. Retirei-o do piso para colocá-lo de barriga sobre a esfingezinha dourada e azul, de modo a suas patas não alcançarem nenhum chão. Vi como esperneava as perninhas, suspenso, espichando a cabeça como uma sanfona sem som, unhando o ar. Ficará aí até aprender. Não sou Deus, mas tenho minhas leis, também.

Hoje, há outro telefone na casa. Sem fio. A base está sobre o móvel da sala e o aparelho fica embaixo o travesseiro de Nara, como essas armas de detetives dos filmes. Se está com ele na sala e o aparelho toca, ela vai atendê-lo no quarto.

É um objeto inútil para mim e para meu neto. Não sei a razão de tanto mistério.

O celular de Nara ela o reserva para enviar fotos do menino e para ligações de trabalho. Outras ligações, o quarto.

De todo modo, no mês passado resgatei o velho telefone do móvel e seu verde antigo me pareceu mais verde e vibrante, em contradição com a vida dos objetos, cujas tons tendem a desbotar com o tempo. Reconectei o aparelho à tomada do meu quarto. Não funcionou. Lixei os quatro pinos. Não funcionou. Achei a faquinha na gaveta e desparafusei a tomada com cuidado. De fato, não podia funcionar. A oxidação rompeu os fios finíssimos. Cortei. Desencapei. Acomodei os fiíssimos aos terminais. Reaparafusei. Mesmo assim, estávamos mudos.

Às vezes coloco o fone no ouvido e ouço palpitações.

"Alô?", digo baixinho.

Silêncio.

Às vezes ouço chiados: permaneço na escuta.

Às vezes ouço sussurros: desligo.

Noutro dia, levantei o fone e sussurrei:

"Alô?"

Silêncio. Branco.

Numa segunda vez, dias depois, levantei o fone e repeti meu alô.

Antes do silêncio branco, ouvi como uma rocha rolar de uma escuridão à outra.

Na terceira:

"Alô?"

E ouvi a voz límpida do outro lado:

"Engano."

Assustado, alguém do lado de lá desligamos.

Foi na quarta ou quinta tentativa, na madrugada de um domingo: levantei o fone outra vez. A voz disse alô. Era a voz de meu menino.

"Martin?"

"Alô", a voz repetiu.

"Ai-ai, Martin, você me ouve? Você me entende? Desculpe, estou doente. Minha fala..."

"Estou entendendo", atalhou.

"Aleluia."

"Aleluia?"

"Sei lá. Amém. Estou confuso." Completei: "Estou feliz em falar com você."

"O que você deseja?"

"Chame sua mãe."

"Ela não pode."

"Por quê?"

"Está lá dentro."

"Dentro, onde?, explique."

"Onde está Nara?", perguntou.

"Dorme, dorme desde cedo."

"E Natan?"

"São um só. Ela não o larga. Ele também não. É um menino forte. Parece bastante com você, meu menino."

"Não me chame de *meu menino*."

"Desculpe, desculpe."

"Desculpar o quê?"

"Desculpe-me por tudo. Por qualquer coisa. Pelo que você quiser. Queria começar tudo outra vez com você, meu filho."

"Não me chame de filho, de menino, de nada."

"Desculpe, desculpe, Martin. Sim, somos dois homens maduros, agora."

Houve outro silêncio e depois rochas caindo na escuridão.

"Que barulhos são...?"

"Nada. Não são nada."

"Estou doente. Estou velho. Choro por qualquer tolice. Tenha paciência comigo."

Ouvi chiados e mais chiados.

"Sua mãe, onde vocês estão? Eu trocaria de lugar com vocês."

"Ah, sim? E por qual razão você faria isso?"

"Por piedade."

Houve uma pausa. Conversavam entre si, presumo. Depois, ouvi:

“Mentira. Você se acha bom demais para sentir piedade”, a voz me disse.

“Também não é isso. Talvez não me sinta bem de alguém precisar de piedade de alguém. Só isso.”

“Você não se corrige, cara. Você é incapaz de se envolver. Sempre essa falsa ideia de não precisar de nada: quem precisa é sempre o outro. Você, não. Você sempre bondoso e superior.”

“Não é isso. Por que sou sempre tão mal compreendido?”

“Porque para você ser mal compreendido lhe coloca em algum lugar de superioridade, nesse seu sonho de ser grande, talvez.”

Ouvi a voz de Violeta:

“Deixe-o, meu filho, é tarde”, ela falou. “Entre, voltemos a dormir.”

“É, vão embora, estou farto disso; por causa disso me afasto sempre: vocês querem me ver louco. Esse é o prêmio da piedade?”

Encontrei o jabuti no corredor, agarrei o bicho e o coloquei no quarto para dormir comigo.

A rocha caiu e depois de um doloroso estrondo tudo era silêncio. A madrugada avançou. A manhã chegou.

Dormi e acordei agarrado ao fone fora do gancho.

No outro dia, Nara tomou café da manhã comigo. Isso ocorre quando está de bom humor. Ela me ajuda nos exercícios com a fala e com a escrita. Acompanha com devoção minhas tentativas de assinar meu nome, uma, duas, mil vezes.

Logo o bom humor vai embora:

"Vamos lá. O senhor não se esforça. Você não quer. Você não ajuda."

Minhas mãos tremem e estão frias. Suo pela nuca. Estou irritado, mas pela manhã não há eletricidade suficiente para mexer os músculos do meu rosto e minha face não se altera. Isso a enlouquece mais ainda.

O contador já veio duas vezes colher a assinatura e o resultado dos garranchos não convence o tabelião. É preciso passar a escritura deste apartamento para ela. Talvez para meu neto. Não sei como resolverão. Pouco me importa, agora. Tento colaborar. Nara pode ter razão: sou preguiçoso. A doença me deu todo tempo livre que sempre quis, longe das aulas e dos alunos. Não é fácil me concentrar. Sinto-me falsário de mim mesmo desenhando assinaturas. Por falar em assinar, me lembrei agora mesmo de Steffano.

Faz um século.

O telefone de casa tocou. Da distância de muito tempo mesmo, da era dos números telefônicos antigos, de quatro dígitos, era a voz de Steffano depois do meu alô:

"Fala, Omar. Puxa vida. Passei uma semana para me lembrar seu número, cara. Você sabe: nunca desisto. Acrescentei o prefixo dos telefones novos. Deu certo. Puxa, satisfação, Omar."

"Steffano?"

Aceitei o convite para um almoço.

"Preciso lhe apresentar um amigo."

"Não, por favor."

"Faço questão. Não me deixe na mão, Omar."

Desliguei.

"Quem era?", Violeta me perguntou. "Estou esperando um telefonema."

Achei trabalhoso demais explicar.

"Não era para você. Foi o pessoal do departamento de História", respondi.

Steffano ficou de me apresentar um poeta de Montevidéu.

"Você vai gostar do homem, Omar. Vocês podem falar desses assuntos elevados."

"Nunca ouvi falar desse Javier Palácios."

"Esquece. Dá igual no Uruguai. Ele não é conhecido em Montevidéu, também."

"Quantos livros ele escreveu?"

"Nenhum, me disse."

"Um poeta jovem."

"Nada disso. Eu chamaria esses jovens de hoje para um almoço? Não tenho paciência com jovens."

"Não tenho paciência com poetas. Então vamos pedir."

Adiantamos os pedidos. Comíamos.

"De Montevidéu?"

Esperamos pelo cara durante duas cervejas ou uma hora.

"Javier está me mostrando o mundo novo. Nem tudo é dinheiro, Omar. Tem a vida por detrás."

"A liberdade?"

"As pessoas. A política de verdade. A vida real."

"Não sei se é boa hora para se envolver com essas coisas."

"Javier Palácios não acha."

"Até chegar o dia de não acharem mais Javier Palácios."

O poeta não aparecia.

Steffano foi ao banheiro e pude reconhecer os pulinhos de sua passada, mas agora seus cem quilos empurravam tudo para baixo. Estávamos na casa dos 35 anos nessa época. Ele ainda mantinha os gestos mimados, vestia a camisa florida de costume, agora por dentro da calça. Arrumara uma sinecura no corpo consular depois de o velho Sanguinetti migrar para a Itália Celestial. Ocorreu de sentir pena do patinho. Era o retrato das famílias antes ricas cuja futuro é a ruína. O que lhe restara? O serviço de estafeta ou subsubsub-secretário recortando jornais em salas escuras do consulado? Sem direito a credenciais?

"Trabalho no setor de inteligência", mencionou e não dei importância.

Olhava para ele com compaixão quando voltava do toalete. Vê-lo assim acordava em mim sensações de qualquer superioridade.

A vida segura enfim servira para me alçar perante patos mortos, penso agora.

Os pratos chegaram. Steffano parte um pedaço de carne com o garfo ao modo bem-educado, começa a mastigar como um francês para ser visto pelas pessoas esnobes, enquanto mantinha o olhar à espreita para fora pela vidraça nua do restaurante, assustado como quem deve à polícia.

"Se aquiete. Se vier, ele entrará pela porta. Relaxe", falei.

Ela baixou o garfo e não a guarda.

"Não é isso."

E o que seria, então? Em nenhum momento perguntou por ninguém. Carlo Peixe, Melissa, Violeta, era como não existiram.

Eu disse, pela primeira vez, me lembro, como num ensaio geral, as palavras difíceis, fáceis naquela primeira vez, porque ditas a alguém indiferente a tudo, era como falar ao telefone com aquele estranho:

"Vou me separar de Violeta."

"Faz bem", respondeu Steffano. Ele olhava a rua pela vidraça. "Faz bem."

"Faço bem por quê, rapaz?", estranhei.

"Porque faz. Porque você quer. Palácios me disse que querer é melhor que poder."

"Palácios que vá tomar no cu."

Ele nem riu nem nada. Se eu estivesse dentro de sua cabeça saberia: a frase o levara a quase materializar diante de nós o cônsul, o rei do palavrão. Mas ninguém está dentro da cabeça de ninguém nunca. "Não estou sequer dentro da minha própria, hoje", esse pensamento de fora para dentro me atinge agora enquanto me lembro de Steffano, o rosto grave, seus olhos estufados. Ele passava por péssimos momentos, se via a aflição em cada gesto, porém não parecia querer assimilar a realidade. Nisso não mudara.

"Acho que você tem razão, Omar. Eu mesmo não posso fazer o que quero. No fim, é mesmo sobre a liberdade. A vida real."

O poeta nunca deu as caras.

Emprestei algum dinheiro para o filho dos Sanguinetti. Tirei o talão de cheques do bolso.

"Um cheque nominal."

"Não, pelo amor de Deus, não, Omar. Ao portador, ao portador."

"Nunca passo cheques ao portador, Steffano. Vá ao banco e saque, ora."

"Não faça assim, amigo, lhe peço, por nossa amizade."

Fiz a exceção. Nos despedimos do jeito de antes, como fôssemos nos ver no outro dia. Já faz tempo. Isso foi no ano daquela Copa na Espanha, se não me enganam todas as memórias.

Steffano não mudou, mesmo? E eu mudei? Mudar é perder poder, dizia meu pai.

"O poder é carro do amor, o amor é o carro do poder", ele completava.

Não sei. Não me sinto mais o mesmo. Amoleci? Endureci?

Ontem notei o dente mole na escovação. Empurrei-o com o cabo da escova até a raiz gemer. Enxaguei a boca e bocejei e cuspi na esperança de ele vir junto. Insistiu-se lá. À noite, sonhei que o engolia. Engolia ou mastigava todos os dentes com as gengivas. Mas eram os dentes do meu pai, não os meus, eu concluía. Hoje, quando acordei, esvaziei o urinol na bacia e dei descarga. Antes de escovar os dentes, me olhei outra vez no espelho. Por algum milagre da física, a luz do sol encontrou caminho pelos vãos do prédio e se acendeu em reflexos róseos e alaranjados no espelho. Fechei o basculante acima do chuveiro enquanto tomava banho e o reflexo permaneceu lá. Me bateu alguma alegria nessa constatação. Gosto de mágicas. Despois, como farol que desvanece, a luz se foi e me olhei outra vez ao espelho. Os dentes estavam lá. Me recordei do meu pai. Ele falava para mim como estivesse diante do espelho, diante de sua própria imagem repetida.

"Anauê, velho", eu disse. Eu, hoje, um homem bem mais velho que meu pai.

"Anerê", o novo reflexo respondeu.

"Salve, estou aqui", "Salve, estou aqui desde antes", é saudação dos índios Pareci, aprendi quando fui escoteiro. O uniforme cáqui, os meiões até os joelhos, os banhos na mata, a barraca dos acampamentos. Como em toda religião, é melhor não falar. É bom estar sempre alerta. Anauê.

Em algum lugar dessas espirais do sonho deve se encaixar a imagem: estou conduzindo meu menino nos braços no meio da tempestade. Ela pesa como uma pluma. Mesmo assim me enojo de carregá-lo.

oOo

Quando Violeta abriu os armários do quarto certa manhã não viu mais minhas roupas. Foi rápido. Martin iria completar 11 anos. Na tarde anterior eu o abraçara e seus olhos pareciam entender.

Deixe-os neste velho apartamento e aluguei outro na Cidade Antiga, onde a municipalidade prometera restaurar cada centímetro. Restaurar, recuperar, era esse também o meu clima.

O país era o sonho das administradoras de cartões de crédito, nessa época. A economia só piorava. O presidente era um playboy. O povo comia a sola dos sapatos. O ministro tomou o dinheiro da poupança, prometeu devolver ao povo com juros em um ano. Muita gente se matou. O poder estava metido em podridões como assassinatos e perversões. Se falava até em bruxarias.

O país doente estava mais doente.

Detesto as doenças. Que fatalidade, no meu caso.

Violeta talvez estivesse sobrecarregada com os problemas de Martin e por isso era uma pessoa a se afundar, nem a alta pedagogia dos institutos nem os médicos avançavam com o garoto. Não suportava vê-los sofrer e preciso sempre da alegria. Sou esse maníaco sensível demais. Detesto a tristeza.

Eu e Violeta não trocamos uma palavra quanto à separação. Nunca. Não vivemos nunca os momentos de ouro nem de prata. Creio que ninguém. Mas eram insuportáveis para ambos nossos momentos de chumbo.

Então aproveitei para viver a vida, concluir um doutorado, ganhar mais, para nós três, ao meu modo.

Os anos se passaram como os governos e as copas e as olímpiadas.

Em um sábado, porém, o telefone tocou e minha doce Violeta falou do outro lado, chorando:

"Estou ligando para dizer que aconteceu." Estava eufórica.

"O quê, Violeta?"

"O Martin. Ele voltou a falar. Do nada. Acordou pela manhã e me perguntou: 'Mamãe, você escuta a minha voz ou estamos sonhando?'"

Eu fiquei emocionado e até hoje tento ver a cena.

"Ai-ai, que felicidade, querida. Nosso filho está curado?"

“Sim. Fico o tempo todo falando com ele. Sua voz é linda, é a voz de um anjo.”

“Preciso falar com ele, quero falar com ele.”

Ela fez um pequeno silêncio do outro lado do fone e disse:

“Não. De jeito nenhum. Tenho medo de ele voltar, de tudo de ruim voltar.”

“Nada disso. Você não pode me impedir.”

“Já perguntei para ele. Ele me pediu: ‘Não, mamãe’.”

Martin enfim cresceu. Durante idas e vindas, minhas ou dele, saímos oito vezes para jantar, seis vezes almoçamos, duas vezes nos vimos nas festas de Ano Novo, uma vez no seu aniversário de 16 anos, quando entrou para a universidade e me disse ter pressa para tudo.

Me surpreendi de ele ser esse rapaz com músculos doutrinados pelo fisiculturismo autodidata, de tanto esforço solitário dentro do quarto. Tinha a altivez dos nadadores no pódio. Martin olhava para mim com olhares de inspeção, nada de contemplação, o interesse algo agressivo dos gatos pelas bolas de meia. Era aqueles olhos escuros, de polícia, de inspetor, em busca de alguma retratação. Mantive meus olhos no nível dos deles, sem correr do seu olhar. Ele talvez forçasse demais o ângulo do queixo em relação ao pescoço e a cabeça parecia elevada na postura e nos pensamentos, sempre altiva, a testa brilhante.

Seu rosto é um enigma. Seus rostos. Durante toda a vida era como fotografias a envelhecerem na minha carteira.

Há uns cinco anos, saí da universidade quando começava a escurecer. O *campus* é bonito quando chove e os alunos não vão. Dirigi até o supermercado a caminho de casa. Estava na fila do caixa e não foi nada senão o perfume a chamar minha atenção. O aroma me tomou por inteiro. E, à minha frente, eu não acreditava, a mulher, a dona de casa. Mas se tratava de Melissa. Me-lis-sa. Meu primeiro impulso foi de me encolher e sumir. Mulheres como aquela sempre denunciam quem sou, esse tímido.

Não deu tempo, ela me viu. Atravessou duas pessoas entre nós e me deu um abraço.

“Não acredito, não acredito: Omar.”

O perfume. Não me esqueci jamais daquele perfume.

Depois voltou para colocar suas compras na esteira. Notei a tatuagem no ombro, borrada.

Jamais desmoronaria por inteiro, guardava algo de vitalista, ainda, os cabelos se desmanchavam em cachos discretos. Daí em diante, me pareceu uma atriz improvisando uma personagem cuja alma não lhe pertencia mais.

E passamos a nos falar a um metro e meio.

E me contou a tragédia.

Carlo Peixe morreu outra vez Carlo Castillo Arbenz Pescado quando levou sua mãe de volta à Guatemala, durante a anistia.

"Quando foi isso, Melissa?"

Ela consultou algum site:

"Anistia, Guatemala: 1996."

Fiz as contas.

"Nascemos no mesmo ano..."

"Sim, claro, me lembro disso, Omar. Fizemos farras no aniversário de vocês, no mesmo dia.

"Quarenta e seis anos."

Havia um velho entre nós, e depois dele um jovem, e ela corria para não atrasar a fila.

"Era um bom cara", ela disse.

Retirou os últimos produtos no carrinho de supermercado.

"Bom sujeito, sim", repeti.

Vários bips da máquina contabilizando os produtos.

"E Violeta?", perguntou, entregando o cartão de crédito ao caixa.

"Está bem", eu disse. "Está bem."

Não quis dizer toda a verdade das separações. Preferi não.

"Ah que excelente", Melissa sorriu. "Como o tempo corre, não é?" Depois completou: "Como tudo passa, Omar."

Já tinha a feira toda dentro do carrinho e seguiria para o estacionamento, presumo.

"Sim. Passa." Sentia minha garganta arder. A voz embargava. Por tudo. A notícia sobre Carlo Peixe, Melissa, ali, a dona de casa improvável, comprando macarrão e leite e coisas para a despensa.

Ela me contou mais: Carlo Peixe se casara com uma empresária e deixou seis filhos.

"Como você soube disso tudo?"

"A viúva se chama Kátia Ramires e é minha prima por parte de mãe."

"É uma vitória para os negócios e para a psicologia", ri.

"Não entendi", disse Melissa.

Eu pagava as compras e expliquei:

"Tinha medo de Carlo morrer fodido e deprimido de tanta cabeçada que deu na vida."

"Não sei. A esposa comentou de ele ser um cara triste. Vivia amargurado. Para viver assim é melhor morrer, acho."

Desconversei, mas sem sair do assunto:

"E está enterrado aqui ou lá?"

"Aqui, aqui. Tudo dele era aqui. Esposa e filhos."

"E do quê...?"

"Não sei. Não perguntei. Parece não ter encontrado boa acolhida por lá. Tinha aquilo do pai, da política etc e o sangue quente de Carlo, não? Não entendi direito quando a prima me falou. Fiquei assim como você, agora: branco, pálido, confuso, estático. Pode ter sido só uma briga de bar. Política ou confusão, de todo modo, uma estupidez dessas. Se você quiser, trocamos telefones, não tenho tanta intimidade assim com a prima, mas pergunto para ela hora dessas e lhe digo."

"Não", interrompi. Não era isso: consertei: "Desculpa, quero dizer: ligue, sim; mas não para isso. Esses assuntos da morte não me fazem bem."

"Ah é verdade. Isso continua a lhe incomodar?", Melissa riu. Parecia olhar mais para o próximo da fila que para mim.

"Sei lá, algumas vezes, sim."

Que idade tem agora? Menos que antes? Com a idade, a idade deixa um pouco de interessar para alguns efeitos. Melissa é puro efeito, ainda.

"Entendo. E lhe dou o maior apoio", ela disse algo assim junto ao tchauzinho com todos os dedos e nisso era a menina ginasial de sempre.

"E você, como está?", não perguntei. "Estou bem, estou bem", não respondeu.

Antes, pediu meu telefone. Anotou o número na própria mão.

E não nos vimos mais.

Eu era o oposto de Carlo: outono e primavera. Escolhi a vida segura, as ocupações sem perigo, o tom de voz sóbrio, e imaginava de isso me fazer permanecer sobre a Terra por séculos.

Em vez de ele, Violeta, Steffano e Melissa zombarem de mim por ter medo da morte, poderiam ter entendido a verdade: era um deslumbramento diante dos vários tipos, da morte sedutora que coloca as gentes diante dos parapeitos dos prédios à morte indiferente: essa ataca na madrugada as gentes que moram sozinhas em seus apartamentos, os óculos quebrados na cara. Acordamos no outro lado sem saber se estamos ali ou aqui, mortos ou vivos. Essa é a mãe de todas as incertezas. De todo modo, esse é seu feitiço maior: a vida, e isso gelava minhas mãos, antes. Aos 60, se a burrice não avançou com os outros males, essa angústia também se desonera.

Hoje estou preso nesse movimento terrível que é a estagnação, a meio-pau, à meia consciência, já disse. Preciso me concentrar para respirar e meu coração só bate se meu pensamento não esquece de bombeá-lo.

Penso em recusar os medicamentos. Não ir mais a médicos. Me prender à cama e ninguém poder me tirar dali.

Me sinto usurpando a vida.

Talvez eu não compreenda mais o mundo em torno de mim. Envelhecer rápido e como um bobo? Pior: os bobos, esses têm alguma sabedoria: não desejo isso a ninguém.

Então o jabuti deu dois passos à frente e apareceu entre as samambaias:

"Relaxe. Sou doutor no assunto: a velhice não é nem de longe a maior tragédia do mundo."

"Não, não é. É a morte", respondi.

E o jabuti:

"Também, não."

E eu:

"E qual é, então?"

E ele:

"A dúvida."

Estava afundando em dúvidas. O jabuti tem razão. A dúvida amarga tudo, mas não estou sendo ácido. Afundo. Essa palavra eu gostaria de pronunciá-la para minha médica.

No caso dessa doença, o problema é quando tento colocar palavras dentro dos pensamentos, como o pintor inseguro, incapaz de deixar espaços em branco em um quadro. Não há meditação ou concentração útil nisso.

Peço ajuda ao espírito iogue de minha mãe, porém sua alma está completamente concentrada em se esquecer dela mesma.

Mas sou, hoje mais até, um sujeito sem falas e fico ruminando não-acontecimentos enquanto vago pela madrugada da casa, como um peregrino bön, andando em sentido anti-horário. Isso aprendi com o único Sidharta que conheci.

A insônia é meio inferno. A vigília é o inferno inteiro na Terra. Nenhum jovem pode adivinhar essa solidão. Penso no meu menino Martin, um espírito sempre jovem. Os anjos vivem assim.

Quando eu e Violeta nos separamos, ela e Martin continuaram a morar neste apartamento. Não me fazia falta enviar a grana sem um dia de atraso. Sem a pressão dos tribunais, nada. Isso nunca houve. Para isso servem o trabalho e o dinheiro.

Assim cresceu meu menino Martin. A mãe o penteava e o lambia até completar vinte e um e sempre. Ela temia de uma hora para outra nosso menino cair de novo no vácuo, no mutismo, em definitivo o mal de Martin era o passado. Fez parte do seu aprendizado. Ganhou medalhas de conhecimento ao fim do ensino médio. Laureado na faculdade. Mesmo assim, sob cada superação e vitória, Violeta vivia com o coração na mão com medo de emergir a qualquer hora o monstro da lagoa.

Ando rápido demais? Ai-ai, a vida às vezes é demasiado rápida e injusta.

Quando completou 30 anos, Martin foi fazer seu doutorado, no exterior, Violeta voltou para a casa dos pais, mas daí a vendedora de cosméticos e o maquinista eram só retratos na parede. Pessoas *in memoriam*.

Assim, Nara passou a morar aqui e Martin ia e vinha de suas pesquisas fora do país.

Enfim, meu menino concluiu o que tinha de concluir no país do Mickey e meu telefone tocou e ele me pediu para ir buscá-lo no aeroporto. Era a voz de um homem maduro.

Era ele um tipo de assombração para mim, o seu rosto estranho e familiar. Eu, ainda mais, era um fantasma para ele.

Era um rapaz bonito. Vestia camiseta coloridas, cavadas. Parecia um turista visitando o próprio país. Olhei para seus antebraços. Traziam aquelas marcas. Durante a adolescência, meu menino tinha uma compulsão, assim chamavam os psicólogos: ele se queimava com cigarros. As marcas formam um triste cacho perto dos pulsos. Não acompanhei esse drama de perto. Estava providenciando minha própria saúde mental, e sexo adoidado por um tempo me deu essa tranquilidade.

"Como vai com a garota?", perguntou, depois de jogar a mochila para o banco traseiro.

"Não é uma garota." Ele se referia a Solange. "Tem minha idade, cara."

"E você não é um garoto, *por supuesto.* Vai fazer trinta e cinco, não?"

"Tem razão", ele disse. "quanto a isso você tem razão."

"Você ter deixado minha mãe para ficar com uma menininha..."

"Não é assim, se cale."

Eu olhava para frente e pressentia seu olhar odioso para mim:

"A gente nunca vai perdoar você."

Eu engoli aquilo. Ele continuou:

"Você sabe por que estou voltando? Você me perguntou algo?"

"Por que você está voltando?", perguntei, como em um script.

"Você certamente não sabe o que se passa com minha mãe, não é?"

"Não temos nos falado, veja..."

"Você nunca se importa. Cara, qual mal ela lhe fez? Que mal lhe fizemos?"

"Não é assim, rapaz, já disse: melhor você se calar."

Conheço Martin: quando estava puto com algo, fungava, fungava, uma sinusite alérgica, tinha alergia a conflitos. Me aproveitei do seu silêncio:

"O que há com sua mãe?"

"Pergunte a sua namoradinha."

"Ah bem maduro, que pessoa madura você se tornou, porra."

Estávamos já contornando o Arco do Fauno para entrar na cidade, e adivinhava o olhar de Martin para fora, talvez incrédulo de estar ali. Na minha companhia.

"Em breve vamos ter um bebê", ele disse.

Ia falar para ele das minhas ideias, mas ponderei:

"Que boa notícia. Vi a Nara algumas vezes. Desculpe, é com ela que vai ter um bebê, não?"

"Sim."

"Parabéns, meu menino."

"Ah, não enche, cara."

Estávamos perto do apartamento e se sonhei de ir buscá-lo no aeroporto ser uma forma eficiente de contato imediato, como naquele filme, foi um erro: havia um rio de leito seco e sem intimidades entre nós.

Comuniquei a ele minhas notícias:

"De todo modo, sobre a tal menininha: estamos separados."

"Separados?"

"Quase."

"Quase?"

"Não andávamos bem. Já nos víamos como gente de um filme, do passado, não no presente. Mas não acho este o melhor assunto. Estamos chegando."

"Como foi isso?"

"Num certo dia, sumiu."

"As coisas esquisitas sempre ocorrem com você." Cutucava o celular e não respondeu nada nem perguntou mais coisa alguma.

Deixei-o aqui embaixo, no prédio. Quem poderia imaginar tudo isso depois? Era para perguntar:

"Você está feliz, meu menino?", mas não achei a brecha certa na nossa intimidade.

oOo

Agora me lembro de sonhos iluminados. Poderia tomar notas deles, mas confesso, não tenho mais disposição para enigmas, charadas, caça-cruzadas. Deixo tudo desaguar.

Estava no curso do rio Feliz outra vez. Não era o deserto branco da neve do Tibet. Era o deserto amarelo de algum Saara. Montanhas movediças de areia se repetiam, um sol para cada una, duna, luna. Um homem escavava longe. Eu gritei para ele:

"É inútil, não cave. Não cave mais nenhum centímetro."

Ventava, ele não ouvia ou nada adiantava. Não era velho nem jovem, vitalista, de muita energia. Quando me aproximei, pude notar: não usava a pá, como pensei à distância. Usava uma cruz. As batatas da perna eram obra dos desenhos animados, de ciclista, deformadas.

"Mesmo assim, não cave, já mandei. O rio vai transbordar se você..."

Estava agora a meio-metro do cara. Seu rosto se desvencilhou ou se formou da areia.

"Deixe-me em paz, senhor Omar", me chamou pelo nome. "Ou me ajude aqui."

Quem era? Minha memória de areia se perguntava.

Seu rosto era o de um Jesuscristo mas havia algo mais humano.

Era o guia Sidharta. Reconheci. Como não?

Rescendeu em tudo no panorama o cheiro de ureia e de velas oleosas então tapei o nariz. Lá embaixo, na arena, se moviam os peixes. Coloquei todos os meus sentidos à disposição. Ele cavava em busca do quê?

"Há a cidade perdida, da Felicidade, aqui embaixo, já falei. Se não vai ajudar, se afaste."

Dei dois passos para trás.

"Enfim, você encontrou seus próprios enganos, miserável", ainda reinava a dúvida, seu rosto se transformava mas, sim, era o guia do Tibet.

Completei:

"Quem aqui engana aqui será..."

"Senhor Omar, o senhor não respeita ninguém? Sou um homem mais velho, o senhor não pode presumir o quanto", ele falava sem alterar o fôlego, apesar do esforço. Seu corpo brilhava cada músculo. Havia uma tonelada de peixes saltando para fora da vala a cada golpe com sua pá em cruz.

Dei dois passos, agora para frente.

“Se há uma Cidade Feliz sob essa lamareia-neve, não é para você, bandido.”

“Cave-se”, ele respondeu. “E enquanto isso me dê notícias de *miss* Solange.”

“Não vou falar nada para você. Deixe-a em paz. Se alguém merece entrar numa cidade assim não é você.”

“Ela deveria ter vindo, não o senhor.”

Ele continua a cavar.

“Cale-se”, respondi. Minha irritação era falsa ou exagerava. Não havia razão para dar tanta importância ao homem. Neve e areia. De alguma forma, gostaria de ajudá-lo. Era muito viva dentro do sonho a lembrança de Sidharta de cócoras pedindo para me acalmar enquanto os ladrões distribuíam socos. Então uma pá dourada surgiu nas minhas mãos e decidi:

“Afaste-se um pouco, cara.”

Pulei para dentro da valeta, onde os peixes se debatiam, podres. “Posso não acreditar em nada do que me diz, mas vou ajudá-lo nesse seu sonho perdido.”

“A Cidade Feliz do rio Feliz do Reino Feliz é o paraíso real”, ele disse. “Tudo nos sonhos é real, inclusive os reis.”

O deserto girava. O sol derretia as montanhas de ferro ao longe e a lava era um choro ou chorume, a muitos graus.

"Só quero ficar em paz, Sidharta. Sempre estarei pronto para ajudar", cavei mais fundo e o golpe da pá na areia me deu a sensação de ferir profundamente meu próprio coração.

"Não sou como você, senhor Omar."

Sidharta agora está sentado à beira do buraco, fumando, contemplando os castelos cenográficos do Tibet, o palácio de Potala. Castelos de areia ou de neve, são todos ilusões. Quem pode viver em um mundo onde se brinca de reis e rainhas?, eu pensava, para tentar sair daquela vala. Então repeti várias vezes a mesma resposta:

"Pelo contrário: você é. A diferença é que você viveu para o desejo dos outros. Quem vive assim não se transforma numa lenda, mas numa fraude. Pelo contrário você é..."

"Continue tagarelando e cavando, senhor Omar. Tem certeza de que está falando mesmo de mim?", e gargalhou.

"Você é um ladrão, você é só um ladrão em um parque temático, o Tibet é inútil como a Disney, farsante. Você é só esse ladrãozinho."

"Não. E sim. Se vêm buscar experiência espiritual, levo os clientes onde querem. *Miss* Solange encontrou o que quis. Sabia cavar. E você, otário? Qual é mesmo o seu desejo, você alguma vez soube, seu reclamão?"

"Não tenho contas a prestar a você, seu Jesuscristinho falso."

O rio Feliz explodiu urinário do meio do cardume.

Acordei. Passei o dia lavando e enxugando os lençóis e o colchão.

Aquele 2010 foi um longo e terrível dia sem fim, o pior ano de nossas vidas.

Os zigue-zagues. O anjo. O diamante. A pedra preciosa. O basalto. Quando Martin se casou com Nara não tiveram núpcias. Ele havia chegado de Dayton, da Wright State University, com o doutorado em biblioteconomia e estava empenhado em salvar a maior biblioteca particular das Américas, do milionário Rutilio Vasquez, quase destruída por uma guerra civil nos anos 80. Houve muita polêmica no meio universitário contra sua pesquisa. Vasquez esteve envolvido com o tráfico de pessoas e de drogas e esse era o negócio de muitas gerações de sua família. Martin, contudo, amava os livros e não as péssimas histórias fora deles. Estava disposto a salvar Esopo e Ésquilo e os pergaminhos de *The Gospels of Henry the Lion*, dos quais se conheciam a única cópia na Alemanha.

Martin conheceu Vasquez antes da guerra, a poucos meses do assassinato do magnata, e os filhos do Rei do Tabaco, do Cânhamo e dos eteceteras todos ilegais tinham Martin como um irmão. Assim, meu menino foi encontrando vários tesouros entre os 80 mil volumes embutidos nas paredes da mansão, camuflados em paredes falsas e no gesso de falsas colunas. Entre tufos e tufos de dólares, como dizem?... ah meu menino Martin: tivera de ser antes um arqueólogo, para depois... enfim, o são Geronimo do nosso país chefiando a equipe que fundaria a biblioteca nacional deles lá, essa biblioteca escondida por mais de um século, numa *granja* na gelada paisagem dos Andes, a propriedade embargada pelo governo e administrada pelas falanges, à mercê do frio e do magma desde o mundo ainda criancinha.

Nara iria se encontrar com o marido quando o filho nascesse, a juventude admite tudo e todos os perigos, e isso inclui esses trabalhos alimentados pela boa intenção, de onde o dinheiro nunca vem, mas são capazes de elevar o espírito de quem faz o que faz porque gosta e não simplesmente aposta no.

Então meu menino casou-se com a administradora, Nara, em setembro e, digamos, em outubro, já estava fora do país, enfiado na floresta, preso à altitude e às pesquisas como aquela divulgada pelas revistas científicas: o décimo-segundo exemplar do *Livro dos Salmos da Baía*. Para quem não sabe, e não sei disso por ter sido professor de História, o valor do volume passa dos milhões de dólares. Para Martin, contudo, um passo imenso da humanidade em direção ao passado. Dinheiro não o iludia, já disse. A moeda dos anjos... bom, não sei qual é.

Foi quando veio a notícia. A bactéria. Esses pergaminhos mataram meu menino. Em menos de um dia esse anjo, esse zigue-zague.

Há o inferno da perda. Fui buscar o corpo com o pessoal da embaixada. A urna brilhava, independente do sol.

A família Vasquez bancou tudo e desembaraçou a burocracia da qual nem a morte dos anjos se livra. Detalhe sobre os presentes: estava lá um fotógrafo mais à aparência de um perito em criminalística. Ele sacava a máquina de vez em quando para fotografar a urna fechada, algum detalhe e uma vez o vi tentando fazer uma foto mais artística, talvez a contraluz do caixão e o sol. Era gente da embaixada, desconfiei logo. Tinha um crachá pendurado no pescoço, mas o documento estava enfiado no bolso, somente para alguma urgência em se identificar. Era um jovem discreto e sem importância. E havia ainda o fiscal das autoridades sanitárias, um velho senhor gordo, o chapéu de veludo azul-escuro: ele acompanhou o corpo até o jazigo e se manteve ali por muito tempo.

Dentre nós, Nara era o pior dos fantasmas. Sua tristeza é impossível de se descrever em qualquer língua shakespeareana.

Antes de sair, cruzei com o homem no pátio e ele teve o cuidado de me confortar:

“Nossas condolências, senhor.”

“Acho que morri também, senhor” eu disse. “Não sinto nada.”

“É o choque. Sei como é.”

“Espero que não saiba nunca, senhor.”

“Tarde demais, amigo”, ele tocou meu ombro, mas logo se arrependeu. Retirou o lenço do bolso e limpou os dedos. “Bom, aqui termina nosso trabalho.”

Eu devia agradecer? Falei qualquer bobagem antes de nos livrarmos um do outro.

“Entendo. As doenças. É preciso cumprir os protocolos.”

“Não”, ele disse. “não estou cumprindo os protocolos. Eu sou o protocolo.”

Ficamos naquele impasse, sem saber se íamos à direita ou à esquerda, para sairmos um da frente do outro. Ele se decidiu.

“De novo, nossas condolências.”

No entanto, em vez ir à saída, se encaminhou ao banco de mármore ao lado da *Pietá* de lodo. Sentou-se. O sol o transformara na silhueta de uma pera barriguda. Pensei no fotógrafo nessa hora. Ele já havia saído. Mal a pera se acomodara, pareceu cair em um sono profundo. Eu entendi. Talvez tivesse ordens de não sair do enterro até não haver mais ninguém.

Ponho os óculos para ver em frente e vejo os pinheiros postos ali desde quando a natureza era natureza e se importava conosco. Depois deles, há o grande campo com fileiras sem fim de alfazema. Há aromas para sempre perdidos. O cheiro e as imagens *vejo* virem devagar daqui detrás, no cérebro, e tudo vem, vem, e vem bem. Porém, na proa, no meio da rota, não encontram memória para se instalar e naufragam. Não me desespero mais com isso. Há os eucaliptos mais belos da Terra e, mais além, um campo dentro de outro campo onde o gado engorda ao pôr do sol. Depois aquelas manchas em triângulo são as montanhas de onde se rouba o gesso. O resultado dessa extração é a bruma e a poeira sobre a cidade de junhos a dezembros. Respiro. Sinto o cheiro dos eucaliptos. Inspiro. Sinto o aroma de mel, das flores de alfazema. Prendo a respiração. Sinto o pó do gesso entrar pelo meu nariz como o pólen molhado, de uma natureza morta. Suspendo a respiração. Meus sentidos não são meus sentimentos e se misturam a outras sensações físicas, impuras.

Este Parque da Purificação não é o maior nem o mais chique cemitério da cidade. Contudo é perfeito. Foi erguido por homens e mulheres honrados quando tudo isso em torno era uma aldeia de gente simples. As aldeãs tinham suas cabeças perturbadas por ideias sexuais e diziam não a tudo. Os homens acreditavam haver encontrado a forma correta de redimir a todos pela beleza, pura, alva. Alguns eram comerciantes, no atacado; outros, do mundo da política, no varejo. O melhor exemplo disso era o barão Roosevelt, para quem a pureza era resultado de sacrifício de todos os escravos a seu favor.

Um barbeiro cujo nome não me lembro neste momento manteve esses e outros ideais acesos sob a cabeleira de todos, no objetivo de construir um mundo mais bonito e justo. Seu evangelho tinha a ideia obsessiva de que o mundo ameaçava desmoronar sobre a Terra. Não se estranhe: uma coisa é o mundo, outra coisa é a Terra. Qualquer crente de qualquer crença sabe disso. O barbeiro sabia como evitar essas ameaças e tomou para si a responsabilidade de enfrentá-las. Purificada da decadência, a cidade enfim brilhará suspensa entre as montanhas de gipsita, mais bela e poderosa do que nunca. Os sonhos do barbeiro não tinham limites. Porém, com o tempo, as aldeãs começaram a encará-lo como um líder leniente e tolerante. Ele acreditava de nem todas as relações sexuais virem do diabo. Só a maioria. Pegar na mão da namorada, por exemplo: era permitido, se para orar ou para sair de algum poço. Pregava enquanto fazia cabelo e a barba dos aldeões. Seus sermões sobre as mulheres poderem alcançar a perfeição da mente eram ridicularizados pelas próprias mulheres da aldeia. Isso foi pela década de 1930. Se nunca teve contato com mulheres, não poderia falar nada sobre elas, deixassem-nas com as tarefas de limpar a casa e purificar o espírito de antemão conhecendo a verdade: "Nascemos para morrer imperfeitas. Conveniente era nem termos nascido", se autocondenava a esposa do padeiro Cioran.

Meu pai contou muitas sobre a juventude do barbeirinho: os irmãos tentaram expulsar dele sua pureza e virgindade inexpugnáveis mandando uma puta para seu quarto. Sorte é de haver uma fogueira por perto e o menino Aquino, agora me lembro do seu nome enquanto penso na criança, expulsou a mulher com uma tocha. Antes de montar a barbearia, nos tempos de garoto, Aquino chegou à conclusão de que a avó de Jesus, Santa Ana, não era virgem. E nem mesmo a Virgem Maria. Com o tempo, mudou de opinião quanto à mãe de Jesus. Como era um rapaz bonito, as mulheres, especialmente as casadas, tentavam seduzi-lo sem trégua. Mas, ao beijarem sua mão, as mulheres lascivas sentiam o frescor de sua delicada lavanda e viam a chama da libido se apagar dos seus corpos como por força de um milagre às avessas.

Em um ponto ele e a comunidade continuaram de acordo até o fim. Sexo e procriação são uma ameaça à sobrevivência.

"Como podemos frear isso? Já há gente demais no mundo. Nem em nosso cemitério cabe mais gente. Ah, não precisamos de mais ninguém. A superpopulação é o verdadeiro inferno."

Mas os detalhes animaram o levante das aldeãs. Elas perseguiram seu ministério e o sentenciaram à morte por sua própria navalha. Seis anos, 6 meses, 6 depois, se conta, a aldeia foi atacada por uma nuvem de insetos e liquidada. Quem conseguiu fugir, fugiu: muitos. Quem aceitou seu fim sem se reclamar, o corpo é a primeira semente deste cemitério, da purificação.

Tudo isso se sabe também quando se assina o contrato de locação, vitalício. A expressão não faz sentido, neste caso.

Sempre pensei no barbeiro Aquino como um artista incompreendido e fracassado.

Olho para o homem dos protocolos e ele permanece lá. Não tem intenção de ir embora. Será assunto para a administração, não para mim, penso e me esqueço dele.

Olho de longe o jazigo de Martin antes de ir. Há ainda o frescor do gesso em minhas narinas. Fungo. Os olhos ardem. Quero espirrar e tossir, mas suspendo essas vontades como um tipo de penitência.

Uma amiga se oferecera para me pegar no Parque da Purificação e não aceitei. Peguei o táxi e me mantive trancado em casa por alguns dias, vendo uma paz triste todos os dias se levantar com o sol.

Três dias depois, havia a missa. O corpo demorou quatro dias para chegar, me lembro:

domingo, segunda, terça, quarta, então a missa de sétimo-dia foi na quinta. Considerei aquele momento exclusivo para Violeta; não fui. Ela não teve forças para o velório e o enterro. Há muitos anos vinha mal com a leucemia. Não tinha sangue. Vivia atormentada por ideias sinistras sobre fornicação e idolatria. Agora não tinha mais ânimo, desonerada de alma. Piorava. Melhorava.

Depois soube de ela não ter ido à missa. Estava pior, murchava de forma lenta e dolorosa. A dor agora tinha outra razão. Aquilo a corroía mais que a doença.

Naquela quinta, fui à embaixada pegar o atestado de óbito juramentado e carimbado. A audiência era às duas da tarde. E o embaixador, ele mesmo, me recebeu. E me confidenciou, depois de alguns goles de uísque:

"O corpo não veio, precisamos lhe informar, senhor."

As palavras não faziam sentido. Há uma semana, eu estava no Parque da Purificação a enterrar parte de mim.

Estávamos na Sala de Reuniões da embaixada. O ar condicionado soprava direto dos dos Andes. Imagens da cordilheira tomavam a parede e dava para ver montanhas amarelas, negras, azuis, se perderem do horizonte sem vida. O que você foi fazer nessa ratoeira, meu menino?, me perguntava.

"Desculpe-me. Não entendi, senhor."

Ele repetiu. Fizesse isso mil vezes, soaria inimaginável.

"O corpo do doutor Martin. Lamento: nunca saiu do nosso país, senhor."

Minha pergunta fazia eco no horizonte entre os picos banhados de sol e mesmo assim congelados.

O embaixador:

"Havia ali o corpo simbólico", ele acendeu meu cigarro com seu isqueiro dourado em forma de lhama. Deu um longo trago. Escorei as costas no espaldar da poltrona. Tomei um gole da bebida. Me lembro de me afundar no cenário, sou capaz de me ver ainda em cada detalhíssimo, do peso de papel sobre a mesa, da mesa de mogno, seus pés de prata como garras de condor, do piso e seus labirintos e cada falha nos mosaicos, a sala toda e a cordilheira e a cascata escorrendo para fora; assim me defendo do horror, do vácuo, com essa visão de cheirador de coca, de farejador, isto, sempre me defendo assim quando estou perdido e triste.

O embaixador:

"Enviamos para cá o peso do doutor Martin Lins e Souza em pó de basalto, dos vulcões, dos Andes."

"Um corpo simbólico?", perguntei. Me tornei agressivo ou irônico. "Uma hóstia vulcânica", murmurei.

"Se a imagem conforta seu coração, senhor Omar. Os tempos não estão fáceis. A guerra agora é contra o tráfico invisível, microscópico."

As cinzas do cigarro caíram sobre o tampo da mesa e formavam caretas.

"Desculpe", eu disse.

"Não é nada." O embaixador empurrou o cinzeiro de vidro em minha direção. A peça girou duas vezes no tampo encerado da mesa e parou diante de mim.

"Entendo o cuidado. Vejo os jornais."

Eram medidas extremas para tempos extremos, pensei. Estavam todos paranoicos com as contaminações, não só com a horrível bactéria dos livros, mas envolvidos com as gripes dos porcos, das aves, dos macacos verdes, dos belzebus, do diacho, o mundo irrespirável.

"Mesmo porque a bactéria comeu tudo, meus sentimentos, senhor."

"Ai-ai", murmurei, de novo. Me doía nos ossos imaginar Martin sendo devorado por ratazanas microscópicas.

"Alguém precisava lhe falar sobre esse péssimo panorama."

Apaguei o cigarro no cinzeiro cujo fundo era um falso oceano e, na translúcida profundeza azul-petróleo, os emblemas nacionais.

"Não preciso dizer, mas é informação sigilosa", deu essa ênfase.

"Sim, não comentarei isso com a viúva. Nem mesmo com Violeta, a mãe."

"Com ninguém, senhor. Resolvi lhe falar, mas a decisão não foi unânime. Mesmo o caso do doutor Martin não ser o primeiro. Nem o último."

"Ai-ai, há outros casos com a bactéria?"

"Não sabemos. Falo mesmo do expediente com os funerais e a diplomacia. Ou o senhor acredita mesmo de os soldados mortos em combate, de volta para casa, os sem-nome, são seus corpos ali dentro do caixão?"

"Não falarei com ninguém", prometi. "Mas por qual razão o embaixador me conta isso?"

“Os filhos de Dom Vasquez me pediram. E porque também sou pai. Porque não aguento mais a mentira, a mentira é essa bactéria comendo tudo, a diplomacia, não suporto mais nada, essa é a verdade”, ele disse com os olhos voltados para suas próprias profundezas.

“Entendo o cuidado”, repeti. Era um senhor elegante e triste. Me deu vontade de lhe oferecer meus pêsames.

Violeta nunca soube, mas essa era parte da vida-incrível, sua, de alguma forma.

Quando vou ao cemitério, nunca me lembro disso.

Talvez a dor invente suas peripécias para esquecermos o que mesmo importa.

E aquele ano assombroso estava apenas começando naquele triste abril.

Maio: das rosas. Das mães. Violeta acordou disposta e se arrumou para visitar Martin. A visita da saúde? Depois, não suportou. Seu corpo murchou de melancolia. Seria demais para ela. Sua alma não encontrava razão neste mundo depois de o filho. Seu sangue se apressou em multiplicar as células, o médico disse. A leucemia, enfim, 54 anos de idade. Em um mês exato, a visita em definitivo, os coveiros tiveram de abrir a outra gaveta do mesmo jazigo no Parque da Purificação.

oOo

Junho: consigo me lembrar das minhas roupas naquele dia: jeans amarelado e camisa de seda azul. Meus sapatos eram tênis sem marca, somente confortáveis e velhos. Era a última aula quando os egípcios se misturaram aos persas e atravessaram os séculos até o mundo moderno e a Guerra Fria. Os alunos começaram a me olhar com espanto e vi a garota correr para buscar ajuda. Minha cabeça não parava. Eu estava confuso, tentava retornar às guerras persas e falava, era um rádio mudando estações a cada segundo, e tentava ficar calmo e não nada-nada e fiquei sem ar e sem chão melhor me deitar no piso pensei não era pensamento o desespero golfei amargo desmaiei voltei tornei a desmaiar.

Acordei doze horas depois na neurologia do Hospital São Lucas. Ao me reanimar, limitei-me a olhar em volta, engrolando palavras desse idioma que ninguém consegue entender.

Quem primeiro chegou foi o enfermeiro do turno das mentiras:

"Não chore. Tudo ficará bem."

oOo

Uma vez por mês, eu e Nara e Natan vamos a pé ao caixa eletrônico aqui perto. A universidade deposita meu dinheiro sem atraso como o pai ou mãe ausentes que se sentem culpados. Nara me auxilia com as senhas. A máquina penteia as notas. É preciso dois saques. Algumas vezes a máquina emperra ou desconfia de nós. Me vejo nos espelhinhos curvos nas extremidades do caixa eletrônico.

"Sim, sou eu", registro mentalmente. E vejo o olhar de Nara e Natan por cima da minha nuca.

A ampulheta na tela do caixa eletrônico tem seu próprio tempo e Nara perde a paciência.

"Calma", quer dizer meu murmurejo.

Ela se ofende com meus gestos quando parecem ordens ou conselhos e quando não. Por onde ando vejo o rosto das pessoas: um sem fim de gente ofendida.

Decidi: não posso fazer nada quanto a isso. Se meu salário ajudar em algo para além dos remédios, dos médicos, o cigarrinho um por dia, nada de álcool, ela deve até se autopagar com meu dinheiro, está tudo bem. Ela se ofende em vão. Tenho minhas próprias tristezas para alimentar.

Martin partiu em um domingo. Violeta em um domingo, também. Aos domingos, às quatro da tarde, Nara me leva ao Parque da Purificação. Eu visto a mesma roupa e tento ser o mesmo para ver Martin e Violeta.

"Não, não sou eu", digo diante do espelho do banheiro.

Perdi outro dente. Sim, perdi, mesmo, não sei onde foi parar.

A língua impotente. A boca inteira inútil.

Estou cansado e enjoado. Atravessado por lanças.

São pontadas de agulha nos pés e na batata das pernas. Às vezes, me acordo com essas agulhadas nas costas, as punhaladas entre as costelas. Meu corpo se autotortura, busca confissões as quais não tenho de onde tirar. É algo químico, doloroso, amargo, ligado ao açúcar no sangue, a médica falou, por fim mais isso, se for mesmo diabetes é porque o corpo enlouqueceu sem volta e Nara não vai hesitar em autorizar que amputem minhas pernas, minha cabeça, minha alma azeda. Antes eu entrava em pânico com as agulhadas, mas agora suporto-as mais e elas são um radar desses de estrada, assim estou todo o tempo concentrado em andar com o cuidado de não tropeçar e sangrar, não, nunca sangrar, não posso jamais, sou uma pessoa incoagulável agora, para não me esvair um Nilo de sangue e matar Nara e meu neto afogados.

A constatação: sou o primeiro velho da família. Velho prematuramente velho. É como um primogênito às avessas.

Isso não serve para nada.

"O que você realizou, afinal?", ouço a pergunta quando tiro o telefone do gancho.

"Não realizei nada. Ora, convenhamos: chegar até aqui foi o que vocês não fizeram. Estamos de acordo? E não venham culpar os cânceres e as bactérias e o destino e o sei-lá por nada disso."

Eu estou aqui, afirmo pra mim mesmo.

"Essa é minha realização. Desligo.", digo para essas vozes. E desligo.

Com o tempo, desaparafusei, parafusei, lixei, limei... o telefone não deu mais linha no quarto, mas ali no Parque posso as palavras mais claras e francas. E vou ali porque me sinto como um rato que corre para o veneno.

oOo

Ternontontem ou no mês passado me consultei com o doutor Wernicke. Leio o nome no receituário entre as páginas do livro.

Isso foi o doutor, para Nara:

"Ele continua preso. Já lhe expliquei? Nosso cérebro não entende o ternontontem nem anteontem nem o hojontem nem o anteamanhã. Quando a gente se lembra de algo, aquilo tudo está ocorrendo de verdade, de novo. Assim é a neurologia. Recordar a dor é fazer tudo doer outra vez. Remoer. E dói. O cérebro é esse tipo de máquina do agora", dizia ele, ele mesmo um engenho. "Nota como as mãos dele tremem? Vê como suam? É uma bomba de adrenalina. Enquanto estiver remoendo tais coisas em algum lugar dentro de si, o cérebro frontal não fará contato."

Mas foi preciso com o diagnóstico:

"Não há nada de errado com o cérebro", disse. "Não falta nenhuma parte, ele é como é. Não é como a senhora Margareth."

"Quem é essa senhora Margareth?", Nara perguntou.

"Minha paciente. Ela é impressionante."

E contou seu caso:

"Aos 35 anos, os exames de imagens cranianas mostraram que ela não tinha um cérebro lá dentro. Nem mesmo uma sementezinha do tamanho de um feijão. Nada. Contudo, mesmo sem cérebro, a senhora Margareth havia se casado, teve filhos, é pastora da igreja, a melhor burocrata do Estado e se orgulha de jamais ter perdido a chance de votar pela democracia branca do país."

Nara segurou o bebê no colo e o fez parar de choramingar.

Eu estava sob o efeito de remédios e enjoava. Para os outros era um sono, mas ouvia tudo.

O médico:

"Se há algo mais sério com seu sogro, só o tempo dirá. No seu caso, a fala é toda para ele mesmo."

Nara:

"Não preciso que ele fale, doutor", isso foi Nara para o médico. "Ficar um pouco melhor já basta, assim poderá viver em lugar mais apropriado. O asilo da prefeitura. Depois esta bomba pode até explodir. Errei em acolhê-lo."

"Não diga isso. Na parte mais profunda, é um indivíduo em sofrimento."

"É justo. Já fez muita gente sofrer", disse Nara com sua voz calma.

"Seu julgamento moral a senhora leve a outro lugar", criticou o doutor. "Aqui é o mundo da ressonância magnética e da tomografia."

Nara se calou. Martin choramingou. Fingi estar mais grogue. Ai-ai, faltei a quais partes da própria vida? Serei mesmo esse alienígena que tanto perturbou Violeta ou Solange? E, agora, a essa mulher tão tola? Minhas emoções me deixavam confuso. Ora, isso é uma bobagem: todas as minhas confusões vêm das emoções, sempre. Quando abri os olhos e olhei para ela sabia como se sentia meu coração mais profundo. De gelo e magma. De vulcão.

Não só a mentira, mas a verdade também corrói, embaixador. Ainda mais hoje, quando cada um tem sua verdade e verdade-e-meia.

Tudo falha. A diabetes, se é somente isso, destrói meus olhos. Recordo das minhas aulas, quando dizia aos alunos sobre os castigos no mundo antigo. Cegar um homem era a pior das humilhações. Deixá-lo sem visão e sem um guia.

Contudo, as piores imagens não são as que meus olhos veem, são as que saem dos meus olhos. Recordar é diferente de lembrar. Imagino ou me lembro?

Nunca sei, nunca vejo direito.

Saímos de casa e fui me lembrando do caminho a caminho. Eu e Natan viajamos no banco de trás do carro. Fingimos dormir um para o outro. Eu passara a noite mal, sem sono, e o estômago não ajudava. De nada adiantara o conselho do jabuti, certa vez:

"Domine seu ventre, sua língua; esqueça as coisas passadas".

Não consigo nada dessas coisas. Durante a madrugada, vomitei. Pensei em pedir ajuda, mas seria tempo perdido. Dormi. Acordei. Dormi. Acho que acordei.

Eram nove horas e a luz suave do sol afastara a dor de cabeça e deixava o dia com aspecto feliz de domingo no parque. Quando pensei na palavra domingo me toquei de quanto tempo não recordava da *miss* São Domingo, numa gaveta do Parque Helena Rubinstein, há muito não pensava em minha mãe.

"Que dia é hoje?" Nara não responderia, coitada, penso que chorava. Deve ser uma barra a vida, a juventude assim. Descemos a avenida dos Fidalgos e pude ver como floresceram as rosas da rotunda de Santa Joana Darc. Em vez de pegarmos a perna em direção à universidade, Nara dirigiu em frente. Hesitou um pouco e antevi o resto, não alertei, não me movi: o outro carro tinha a preferência, mas Nara avançou. O motorista buzinou, ambos frearam, nosso carro saiu ileso por um palmo, e ouvimos o berro da buzina do outro se perpetuar na distância.

O garoto na cadeirinha abriu os olhos com a cara abusada de pianista. "Está tudo bem", eu disse, na nossa língua. Ele fechou de novo a cara e os olhos fluidos.

Quanto a mim, quando pisco, meus olhos secos fazem barulho de gavetas se fechandabrindo, a velhice é o mundo da secura.

Chegamos à Purificação e somente lá alguma chuva tinha molhado a grama, as flores. As gotas pingentes brilhavam nos fios de eletricidade. As papoulas da entrada estavam murchas. Ali ao longe o jardineiro ou o halo da pessoa se destacava no campo aberto e se aproximava. Com o aguador? Com a ceifa?

Nara parou o carro na alameda larga, de tijolos avermelhados, com as muretas de alfazema, e o resto conhecia o enredo. Andei os cem metros até a campa cujo mármore brilhava contra o sol. Junto ao platô do jazigo afastei os jarros azulados com flores de pano. Com a palma da mão lancei abaixo algumas folhas úmidas e elas responderam craquelando no chão. Havia gotículas de chuva no tampo e nas duas molduras de porcelana.

Olhei Nara na distância, agora com o bebê à cintura, distraindo-o com anjinhos. Ela jamais se aproximava do marido e da sogra no jazigo. Tenho certeza de visitá-los sozinha. Seu coraçãozinho pequeno-burguês é assustador. Do que estou falando? Há quantos séculos alguém não se refere a outro com isso de *pequeno-burguês*?

As fotos de Violeta e do meu querido Martin impressas na porcelana pareciam mais próximas uma da outra hoje. Era pouco tempo para minha nora ter promovido qualquer reforma no túmulo, então admito estar talvez enganado em todas as medidas, menos em uma: a foto dos mortos é assustadora.

O sol, imortal, avançou para Leste e o cemitério adormeceu um sono e outro naquela hora, o céu róseo. Da mesma forma, esse sono-torpor me acossou e cochilei sob as nuvens pesadas. Acordei porque Nara deu um toque irritante na buzina com o automóvel já ligado.

"Outra pergunta, antes de ir, Violeta."

"Sim, Omar."

"Eu poderia tê-la protegido mais?"

"Me amado mais, talvez?"

"A medida do amor é de quem ama ou de quem é amado?"

"O amor tende a ser justo, Omar."

"Não conheço nenhum caso assim. Vivemos um tempo de amor em excessos. As pessoas matam e morrem por causa de certos amores."

"Mas não por causa do amor certo."

"Ah, Violeta, você tem as 24 horas do dia e toda a eternidade para jogos de palavras. Para mim cada uma delas sai caro."

"Então se cale, meu amigo."

A buzina zoou outra vez.

"Amigo? Pode haver palavra mais fria? Mas entendo você."

"Oh, quem vem lá senão Omar, o compreensivo, escondendo sua arrogância na sua elevada compreensão das coisas. Vá logo embora", interrompeu a voz de Martin.

"Quanta raiva, quanta raiva tola. Nem agora neste buraco você parece se alterar, meu filho." E falei pra eles ou para todos. "Vocês deveriam estar contentes, a essa altura."

"E por quê?"

"Simples: porque agora não têm mais do que se envergonhar."

"Eu nunca tive."

"Mãe..."

"Ora, agora é você? Me deixe falar, Martin."

"Estou tentando lhe dizer que a gente não precisa mentir, mãe. Esta e a vantagem, aqui."

"E minto? Nunca me envergonhei de nada."

"Não fale mais, mamãe."

"Enfim, estava na hora de brotar a flor do bom senso, meu filho", agradeci.

"Não zombe de nós, Omar. E não o chame de meu-filho, nem de meu-menino, você sabe: ele não gosta quando lhe chama assim", rebateu a voz de Violeta. "Além disso, quanta raiva você destinou a vida inteira a ele e a mim? Deveria ter se resolvido comigo. Eu sempre suportei."

"Ninguém aqui é perfeito", continuei sei lá pra qual dos dois. "Leia cada nome nas pedras deste parque. Atrás de cada um deles, só imperfeições. Não importa o lado do buraco onde estejam, estão me ouvindo? Ninguém se salva. Nem eu nem você, Violeta. Tem hora na qual a vida não é uma escolha nossa."

"Então enfim você acredita nas cartas e no destino?", ela disse. E Martin interrompeu:

"Ora, tenha paciência, você só quer justificar seu egoísmo. E nada mais."

"E você, garoto? Você consegue se levantar e ver ali atrás? Olhe lá. A moça de azul, você a reconhece? Tem quinze quilos a menos e é sua esposa Nara. Hoje é uma pessoa amarga. Dentro do carro, está seu filho, Natan. Se você não estivesse tão envolvido em ser genial certamente estaria criando o menino agora. Amando sua mulher."

Silêncio, quase digo: sepulcral.

"Quem foi, portanto,", continuei, chorando, "o mais egoísta entre nós? No seu caso, Martin, não quero sua resposta: você deverá oferecê-la ao seu filho órfão. Não a mim."

"O pior órfão é o órfão de pai vivo", gritou o anjo vingativo, de basalto, ao longe.

"Quando você não falava era uma pessoa melhor, anjinho", rebati.

"Não há jeito para você, Omar", Violeta resmungou.

A feição de Martin impressa na porcelana se enfureceu. Pude olhar nos olhos negros, em sépia, e notar seu rosto longo, sua testa de um palmo, brilhante, altiva. Sua estranha beleza familiar.

E a conversa sempre termina igual. Ou pelo mesmo viés:

"Vocês não têm motivo nenhum de pranto, nem de tristeza, agora. Deveriam rir mais. Se não se pode rir nem mesmo aí embaixo, para que se vive? Para que se morre?"

"Você não entende nada", me responde sempre o coro.

“Olha que entendo.”

“Mas não faz nada quanto a isso: está mais morto que qualquer um aqui.”

Um segundo antes dessas palavras, eu pensava em muitas coisas em decomposição. Na morte, sempre impressionante, e não na vida, mesmo Violeta a tenha sonhado incrível. Via as folhas secas e mofadas se arrastarem apodrecidas para o fundo das celas, digo, das tumbas. Um tordo-músico veio não sei de qual dos mundos e piou ou escandiu um nome. Uma aragem seca pareceu escapar de mil bocas e depois o vento levou tudo para longe. Especialmente para longe de Martin, um falso cadáver, ali, poeira de vulcão. “Violeta dorme ao lado de uma mentira”, pensei. A vida-incrível.

“Fale mais alto, Omar.”

“Ãh? Não falei nada, querida.”

Era preciso me despedir outra vez.

“Pelo menos, aproveitem o nome do lugar: purificação. Ou, antes, se divirtam. Como nos parques.”

E sempre as mesmas palavras violetas:

“Você age como se o mundo só existisse para matar sua fome de compreensão. O mundo não foi criado para você, otário. Não é assim que a banda toca."

Espirrei. Era hora de ir.

"O amor só quer a conta paga e mais nada", devia ter respondido. Sempre estou cansado nesse ponto e me esqueço de dizer.

Não falei nada para Violeta. Não insistimos mais, nem eu nem ela, em palavras como perda ou perdão. O Cristo mórbido, de ferro fundido e lodo, no jazigo da frente, outro igual a mim, perdido nos limiares, havia instruído mais a ela que a mim:

"Está consumado."

De onde surgiu essa estranha ereção?

Me lembrei de Carlo Peixe outra vez.

Se vi bem, era um tordo o pássaro que pousou sobre a falsa campa, matraqueou e quando começou a cair a neblina, ele foi embora.

E se esqueceu.

O esquecimento é flor sutil de risonha palidez, disse meu amigo poeta Souzaflor, ele mesmo há tempos cruz e cinza. Essa história não posso deixar de contar: retiraram-no da cova rasa e construíram aquele mausoléu para ele. Daqui antevejo o mármore branco do poeta negro. Fatalidade: ao tentarem depositá-lo ali as portas de bronze com escandalosas flores-de-lis emperraram. A estrutura ruiria se tentassem. Assim, os engenheiros do governo concluíram que o prédio colocava em risco a vida e a vida dos visitantes. O corpo do poeta voltou à cova onde nenhuma flor sutil sorri nem chora. A ruína do túmulo é como uma triste mansão do esquecimento, agora.

Meus olhos de areia me traem e me envergonham. Antigamente, quando queriam humilhar um homem, furavam seus olhos. Me veio a memória a história do duque que, quando via com seus olhos saudáveis, não sabia quais filhos o amavam. E depois, quando os soldados o cegaram por não pagar os impostos, via claramente quem era seu filho amado. Pena de sua vida se acabar diante do abismo do rochedo ou de um batente.

Nara, ou terá sido Natan?, buzinou de novo.

Acenei, uma mão para eles, a outra para os que não tinham nenhuma pressa. Nenhuma ambição. Eu era o mais liquidado de nós todos, cercado por túmulos aos quais mãos devotas e cheias de piedade não vêm mais cobrir com flores. Onde o tempo escoou. As cores da vida desistiram. O envelhecimento pior que.

Cruzamos o portão de saída e me ocorreu puxar assunto com Nara:

"Estive pensando se não seria boa ideia trazer os ossos de Carlo Peixe para cá, para o túmulo de Violeta e Martin."

A minha língua capotou todas as palavras de sempre.

Ela não entendeu nadíssima. Seu isqueiro estava no final e Nara precisou de muitos cricket, cricket, para os grilos da roldanazinha chuparem o gás e a chama lá de dentro surgir para acender seu cigarro e consolá-la, enquanto dirigia.

Natanael continuava entediado.

"O quê?", ela disse.

E, talvez porque tenha entendido somente os nomes de Violeta e Martin, respondeu:

"Martin? Violeta?"

Olhou pelo retrovisor e via a mim e o filho no banco de trás, enquanto Martin e Violeta eram pó e poeira no vidro traseiro.

"Fique tranquilo", ironizou. "Lhe enterraremos bem longe deles."

Seus olhos eram um mar. Os meus arderam ou aguaram. Pensava se o jardineiro alcançara as papoulas. Com alguma colaboração da língua eu poderia ter respondido a ela de não ser tão raro novos morrerem antes de velhos, de os deuses não raro amarem mais os mais jovens, e são essas as piores vezes.

Estava exausto e quando o rosto de Carlo Peixe apareceu da fumaça do cigarro, preferi não tentar mais nada. Não quis revidar nada. Olhava para Nara e o garotinho e me recordava da promessa sequer feita. Seja feita sua vontade. É justo, pensei.

Não era meio-dia e já parecia meia-noite.

Minha visão se lusofuscou outra vez. O céu era a pele molhada de um animal. De veludo. De certo mistério mudo. As nuvens eram peixões de escamas oleosas se organizando em cardumes escuros. O silêncio foi cassado pela trovoada, rochas invisíveis caindo sobre a cidade. Tudo se enche de pranto. Lá em cima, o luzeiro de relâmpagos desenha velhos rostos nos cimos de gelo e, na língua dos raios, a tempestade pronunciava sem jamais se calar velhos nomes, tão amados quanto esquecidos.

Nara, aranha, dirigia, instinto e movimento.

Pelo vidro, eu e Natan contemplávamos as nuvens baixas nos acompanharem, espessas. Dentro delas, a Esperança ou a esperança de alguma auréola invisível chamejar em um improvável raio de sol.

Olhei Natan. Ele me olhou. Sorriu? Sozinho.

Parecia estarmos agora no mesmo nimbo-limbo, no mesmo fundomundo, frequentarmos o mesmo coração sem palavras.

Não importava.

Eu não precisava mais nem menos delas.

Metade eu, metade o mundo, metade-céu, metade-inferno, metade-dia, metade-noite, metade-ontem, metade-hoje, meio-homem-meio-quelônio, metade-eu, metade-rocha, meu corpo se enrijeceu, entorpecido, dormente, sem volta, a partir desse instante metade.

FIM

SOBRE O AUTOR

Sidney Rocha escreveu *Matriuska* (contos, 2009), *O destino das metáforas* (contos, 2011, Prêmio Jabuti), *Sofia* (romance, Prêmio Osman Lins, 2014), *Fernanflor* (romance, 2015) *Guerra de ninguém* (contos, 2016), e ainda os romances *A estética da indiferença* (2018) *Flashes* (2020) e *As aventuras de Ícaro* (2022), todos publicados pela Iluminuras.

A *Iluminuras* dedica suas publicações à memória de sua sócia Beatriz Costa [1957-2020] e a de seu pai Alcides Jorge Costa [1925-2016].